———— 阅读之前 没有真相

午 夜 文 库

敲响密室之门

[日]青崎有吾 著
丁灵 译

新 星 出 版 社　NEW STAR PRESS

目录

1　敲响密室之门

31　头发变短的尸体

63　回旋转盘 W！

95　廉价诡计

125　所谓的"雪地密室"

153　十元硬币太少了

181　无限接近精确的毒杀

敲响密室之门

1

我们住处（兼侦探事务所）的大门口没有安装电话门禁，也没有设置迎宾器、门铃、门环这类东西。

因此，访客们就必须用手来敲门。

当初我的搭档提出这个意见时，我是坚决反对的。采用这么老套的办法，会使本该造访的客人数量减少，而且非常不方便。但在开业四年后，就目前情况来看，虽然很不甘心，我还是不得不承认这个方法令人拍案叫绝。

我会这么说，是因为这样一来，我们基本就能通过敲门的方式推测出门外站着什么样的客人。如果来人用一副习以为常的态度"当当当"地敲门，就是附近的太太拿着传阅板[①]来了。如果是比较钝的"咚咚咚"声，像是用胳膊肘敲门似的，那就是两手抱着纸箱的快递员。要是每隔三十秒敲四下，敲得中规中矩，就是老练的推销员，这可得格外留神。再就是"咣咣咣咣"，这种像巨浪一般席卷门扉的声音，肯定是住在隔壁屋的房东，是来催缴房租的，这就更需要戒备了。

那么，今天响起的敲门声……

笃……笃、笃。

[①]日本社区间传递一些通知和文件时使用的板子，上面夹有联络文件等，各户按顺序传递阅读，阅读完毕后签名或盖章，然后传给下一家。

"是第一次来我们这儿吧。"

我嘀咕道，目光并没有从报纸的社论栏目上移开。

"找不着门铃也找不着门环，估计在怀疑是不是敲错门了。"

"来了来了。"二楼应声连连，声音源于给我们打工的一个小女生。然而敲门声并没有停歇。

笃、笃、笃笃笃。

"敲得还真久啊，这么慌张。"

我的搭档说道。他此时懒洋洋地躺着，脸上盖着一本电影杂志。原来他没在睡午觉啊……

"好像遇上了什么紧急情况？"

"敲门声挺轻的。"我说，"或许是位女性。"

"上了年纪的女人。"

"怎么这么说？"

"都答应了还一个劲儿敲门，耳朵肯定有点背。"

"那……总结一下。"我合上报纸，"第一次来我们这儿，相当慌张，遇上了紧急状况，一位上了年纪的女性，也就是说？"

"是委托人。"

得出结论的同时，我们从沙发上一跃而起。

我们互相争抢墙上镜子的使用权。我的搭档十分焦躁，拼命整理着自己的自来卷，而我则蹭地一下系好松松垮垮的藏蓝色领带，这个……领带夹放哪儿了？有了，在铁路模型的车站上边。

为什么会放在这种地方……

"倒理，收拾一下屋子，再把空调打开。"

我伸手关上像苍蝇一样嗡嗡叫个不停的电风扇，从起居室赶到走廊，正好撞见药子从楼上下来。

"药子，我来开门吧，你去准备点喝的好吗？"

药子又连声应着"好好",满面笑容地去了厨房。围裙后背处摇曳的花结和百褶裙隐隐约约流露出一种危险气息。放暑假怎么还一身制服啊,难道说穿正装来打工是她个人对这份职业的独到见解?要是这样,她这做的可就是无用功了。

笃笃笃笃——敲门声还在继续。

我最后调整了一下眼镜的角度,然后打开了门。

站在门外的无疑是一位慌慌张张,刚迈入老年的女性。高雅的发型与穿着,纤瘦但不至体弱多病的身材,比起阿姨,更适合用女士来称呼她。

"您有什么事?"

"请问,这里是敲响……这个……"

"这里是侦探事务所'敲响密室之门',您没找错。"

回答她时,一股熟悉的羞耻感掠过我的心头,希望她别搞错,给事务所起了这种奇葩名字的并不是我,而是我的搭档。

"您有委托是吧?请详细说说看,来,里面请。"

不能放过久违的顾客。我着急忙慌地把她请进屋,带到会客室兼起居室。

搭档那边也迅速把屋里收拾好了。背景是宽敞的落地窗,充满古典气息的西式房间里摆放着红棕色的家具。地板上的铁路模型、挂在墙壁上的飞镖镖靶、餐柜上的万年钟(当然是假的)都恰到好处地为这里增添了几分童趣。脏污散乱的杂志、书籍、吃剩下的脆米饼、喝空了的饮料瓶都已无影无踪,想必全被赶到沙发后面去了。

我的搭档沉着地坐在客人对面,把脚搭到桌上。正处盛夏,他却身穿一件七分袖的高领毛衣,指间拨弄着光泽闪耀且微微卷曲的发丝。他要是个金发欧美人,倒可以称得上有天使般的风情，可这家伙的头发和眼睛偏偏是纯黑的，眼神也十分锐利，这使他看起来与其说是天使，不如说是恶魔。

"果然是上了年纪的女人！"恶魔高兴地说道，"冰雨你看，不出我所料吧？"

"别高兴，别嚷嚷，别把脚搭在桌子上。"

我轻轻往旁边推了一下搭档的头，在他的左侧坐了下来。

"别这么生气嘛，华生。"

"我不是华生，再说你也不是福尔摩斯啊！"

"来，还请用些粗茶。"

药子拿来了大麦茶，她在桌子上摆上了三只清爽的玻璃杯，道了句"请慢用"就迈着轻快的步伐走开了。目送着身穿围裙的女高中生，女士的眼神很复杂，似乎开始后悔，自己怎么来了一家如此奇怪的事务所。

"请坐。"为了挽回信誉，我赶紧面带微笑切入正题，"那么，今天您到底有何贵干？"

委托人坐在对面的沙发上，眼神游移不定，结结巴巴开了口。

"那，那个，今天我们家出了事……我丈夫死了。我发现以后，就赶紧叫了警察，可是才搜了一小会儿，除了警部补[①]以外的其他人就都走了……我不知道怎么办，就查了查我丈夫的笔记，找到了一个叫神保的人的电话号码。"

"喔，神保啊。"

神保是个中介。只要有谁需要雇侦探，一联系他，他就会针对案件的性质，把案件分配给能够解决的侦探——或者说是接不

[①] 警部补为日本警察等级之一，位居警部之下、巡查部长之上。警部补通常为警察署的系长、警察本部的系主任、系长、派出所的所长等职位，负责担任警察实务与现场监督的工作。

到活儿，闲得长草的侦探。

"然后我打了那个号码，他就介绍给我这家事务所。说是这里有才华横溢的侦探，能够帮到我……"

她越说声音越小，看向我和我旁边的搭档。

"请问哪位是侦探？"

"不好意思，我们两位都是。"

"我是御殿场倒理，手法专家。"

"我是片无冰雨，动机专家。"

虽说轮流做了自我介绍，女士好像还不能完全理解。

"手法……动机？"

"指我们各自所擅长的领域。"我的搭档倒理回答道，"我们根据案情决定谁来负责。"

没错。我们两个都是侦探，但在思路（或者说是嗜好）方面却有着微妙的偏差。倒理擅长解析手法，我则擅长寻找作案动机。反过来说，除了这些以外，其他的我们一窍不通。所以无奈之下，我们只好用互补的形式来合作从事侦探工作。事务所的招牌上没有写着帅气的"片无冰雨侦探事务所"，也主要是这方面的原因。

"那么，你家发生的属于哪种案件？"

倒理用麦茶润了润喉咙，摆出一副无所畏惧的样子，探出了身子，像要从气势上压倒对方一样。玻璃杯里的冰块"咔啦"一响。

"是手法，还是动机？"

与倒理的气势正相反，女士在倒理的注视下缩起脖子，回答道：

"要说是哪种……两种都算吧。"

2

委托人名叫霞蛾水江。

她丈夫的名字是霞蛾英夫，职业是画家，画了很多以蓝色为基调的风景画，因此出名，又名"天空的作家"。据说他把自家带天窗的小阁楼改装成了画室，在里面安静地致力于创作……起码直到昨天为止。

今天上午九点左右，人们察觉到了凶案的发生。水江在餐厅和二十岁的独子一起吃早餐。儿子名叫龙也，美术大学学生，志向是跟父亲一样当画家。但是今天早上，关键的一家之主没有出现在餐桌上。

"我爸一直待在阁楼里吗？"

"从昨晚就没下来过，工作好像进入关键部分了。"

"这样啊，我还想管他借画具呢，打扰到他就不好了。"

据说霞蛾通宵窝在画室是司空见惯的事，所以两人都完全没有在意，继续着诸如此类的话题。

此时，家里来了一个叫三越的男画商，有事要跟霞蛾商谈。这个点儿离上班时间还早，不过据说他跟霞蛾打小时候起就是好朋友，跟水江他们也熟得仿佛一家人似的，不需要多余的客套，因此在这种时间来访也是常有的事。

"早呀，龙也。夫人好，老师在哪间房？画室？咦？我们约了这个时间啊……"

"他差不多也该饿了，是时候下来吃饭了。正好，能帮我去叫一下他吗？"

水江说着，儿子也站起来表示"我想去借一下画具"。于是三越就跟龙也一起去了二楼，爬上走廊尽头狭窄的楼梯，再走向尽头的小房间。然而，问题来了。

到了门前，三越首先喊了声"霞蛾老师"，并没有人回应。他又伸手抓住门把手想拉开门，但也以失败告终。门锁着。

画室门的内侧装有一把简易的锁，是厕所门上常装的那种，需要旋转门闩后，将门闩插入凹槽里，这种结构只有在屋内才能上锁。

但据说霞蛾讨厌锁门，很少用到这把锁。

三越觉得很可疑，就试着用力敲了两三下门。门内仍然没有回应，这次换龙也站到房门前，口中喊着"爸爸"，试图开门，却仍旧没有打开。

"我爸他会不会睡着了啊。"

"可是咱们叫了这么多声，他居然都没有反应……"

也有可能已经倒在里面了。不祥的预感迎面袭来，两人对视。

没过多久，龙也提出想尝试从外面开锁。

"能开得了吗？"

"我觉得应该行。能帮我跟我妈要把薄点的尺子来吗？"

画商回到了起居室，跟水江说明了情况，让她找找有没有合适的工具，随后找到了一把长三十厘米的铝制薄尺。画商拿着尺子，跟水江又去了画室。

龙也在门前不停喊着"爸爸！爸爸"，门内却没有半句回应。他从三越那里接过尺子，把尺子插进门与门框之间不足一毫米的空隙中，唰地往上抬了一下，门闩被推了上去，锁也随之打开。

"打开了！"

龙也马上拉开门，三人一起挤进房间——正面迎接他们的是一具尸体。

据称，霞蛾英夫的背上插着一把小刀，面朝下趴在房间的正中央，画架和画布也倒在一旁，似乎是在作画过程中遇害的。

就警方搜查结果来看，凶器上和其他地方的指纹都被擦得一干二净。预计死亡时间是在凌晨一点。一楼窗户上安有纱窗，由窗户可以看出曾有人入侵过屋内的痕迹，但因为案件发生在深夜，此时水江和龙也都在自己房内安睡，所以没有注意到异常（顺带一提，由三越的证言可知，该时间段他也在东京市内的自己家中睡觉，据说他是单身）。

画室的天窗是封死的，除了门以外，现场没有任何可以出入的地方，而且门也从内侧上了锁——也就是说，这是密室杀人案。

然而，除了这些无法判别作案手法的条件外，现场还有一件事情令人无法理解。

据说画室的墙上原本装饰着六幅霞蛾的风景画作，但这六幅画作都被摘了画框扔在地上，其中一幅还被涂成了鲜红色。

霞蛾家是一所大豪宅，大到庭院内几乎能装下我们整个事务所。我跟倒理都不怎么接触当代美术，所以不太了解。不过听说霞蛾英夫在绘画界相当出名。这是好事儿，能盼着多拿点酬金。

我们先去了起居室，水江在那儿给我们介绍了两个男人。一位身着马球衫、看似阴郁的青年和一位留着胡子、五十岁上下的男人，这两个人分别是霞蛾的儿子霞蛾龙也以及画商三越。不知是不是因为打击太大，龙也双眼红肿，紧紧捏着手中的手帕。三越看起来更坚定一些，但还没淡定到有心思整理乱掉的头发。

"您是侦探吗？"三越跟倒理握手，表情很意外，"没想到真的有专门侦查这种杀人案的侦探呀。"

"我们跟杀手是一样的，虽然不为人所知，还是有好些人在干的。"

"啊，哈……"听到这么危险的比喻，三越表情一下子僵硬了，转过头看向我这边，"这位是您的助手吗？"

"不，我也是侦探。"

我这句纠正似乎给了他最后一击。他神色越发困惑，跟龙也一起走出了房间。当他们走过我身边时，我在画商左手手表的表带上，看见了一点类似白色粉末的东西，那是什么呢？

"警部补应该还在画室，我去叫她。"

水江说着也上了二楼。我们无所事事，只好先坐在沙发上。

"你又被人当成助手了啊。"倒理来取笑我了，"这是第几回了？"

"不要你管。"

"你也太没个性了。"

"侦探需要的不是个性，而是推理能力。"

"哈哈，把这句当成你的口头禅吧。"

挖苦失败。我的搭档坐在沙发边上，用手托着下巴。"不过没想到这么棒，能碰上密室，我感觉血液都兴奋得沸腾了。"又说这么让人不安的话，这家伙真是不长记性。

"你不觉得这间密室有点奇怪吗？"

"哪里奇怪？"

"凶器是小刀，被害者从背后遇刺，指纹也被擦掉了。也就是说没有自杀这条线索。而且霞蛾一向主张不给房门上锁……这样的话，凶手为什么要制造出密室呢？"

倒理愣了一下，双手交叉抱于胸前，陷入沉思。

没错，既然明确是他杀，就没有制造密室的必要了。

"这点确实很奇怪。不过这种动机问题是你负责的，我负责的是手法。"

"起码让我听听你的意见嘛！"

"可能制造密室本身就是犯案的动机。凶手是一个喜欢妄想的推理狂。"

"跟你似的？"

"跟你似的吧。"

"那你们就亲亲热热跟我回警局吧。"

背后突然响起了一个声音。

回头看去，眼前站着一个带着无框眼镜的年轻女子。哇，负责本案的警部补原来是她吗？

强势冷酷的双眼，眼下有一粒小小的泪痣，利落的偏分短发显得精明又规整。身上披着件灰色紧身西服套装，前面没系扣子，不用说，胸前口袋的内侧肯定放着警徽和名片，名片上胡乱印着"警视厅刑事部搜查一课"这种跟两小时剧场版似的头衔。

当然了，我们认识她。那次她不会喝酒还去乱喝，把头埋在我们住处的马桶里，吐得一塌糊涂。自从那时候起我们就认识她了。

"哟，穿地。"

"好久不见。"我们一致抬起手打招呼。

然而我们的女中豪杰——穿地决警部补（这名字相当爷们）

完全没有为我们在"二人羽织①的拦路杀人事件"后暌违两个月的再会而感到丝毫喜悦。

"我现在非常烦躁，知道为什么吗？"

"工作堆得没有时间休息？"我猜测，"你的眼镜片都脏了。"

"早午饭都没顾上吃吧。"倒理说，"你腰带比平时紧了一个孔。"

"正确答案是——"穿地提高了嗓门，"为了让嫌疑人放松警惕，我特意放长线钓大鱼，结果她却给我带回来两个不知所谓的侦探。"

啊，了解。我还说警察怎么这么快就收工了，原来是为了让嫌疑人放松警惕的战略啊。不过……

"采取这么'被动'的态度，也就是说，案件的谜底本身还尚未破解吧？"

"这也是我烦躁的另一个原因。"

穿地把手伸进口袋，掏出了香烟——才怪，是一个扁平的塑料容器，里面放着方形的蓝色点心。穿地用里面配套的牙签扎了一块儿，送入口中。是令人怀念的香槟苹果饼。

"你们俩，从那位太太那儿听说了案件的情况吧？有什么头绪没？"

"这个嘛，"倒理微微耸了耸肩，"不看现场，再怎么想都是白费。"

"也有安乐椅侦探这种类型的。"

"我们是行动派。"

"对对。"我随便附和了两句，"又要挨揍，又要被绑架，每

---

①一人披着日本传统服装"羽织"，另一个人从他身后钻进羽织中把手穿到袖子里，做出喂前面的人吃饭等动作，与我国"双簧"有相似之处，是日本宴会上的一种搞笑节目。

次都焦头烂额。"

"还有跟美女睡觉。"

"那是特殊福利。"

"用我揍你们一顿吗？"

穿地冷冷地撇给我俩一句，同时看了看手表，说道"只给十分钟"。

总算是得到批准了。趁着穿地还没改主意，我们赶紧站了起来，虽然不能要求她积极协助我们，不过只要磨磨嘴皮子，起码还是能让我们参观十分钟现场的。这样一来，我们的胜率就提高了——不过，是两个人加起来的胜率。

我们正要离开起居室时，水江回来了，手里拿着托盘，上面盛着点心和麦茶。刚才在我们那里喝的也是麦茶。

"啊，警部补小姐，你在这里呀，这两位是……"

"不必介绍了。"倒理说，"我们跟这女的很熟，从大学起就是朋友……"

"认识而已。"穿地又提高了嗓门，把倒理的话挡了回去，"不是朋友。"

"嗯……是这样。"

我们想缓解一下这尴尬的气氛，就各从托盘上拿了一块消化饼干，与毫无清凉之意的口感战斗着，迈向了二楼。

3

通向阁楼的楼梯略窄，只有七十厘米，上面铺着暗红色的地毯。踩在这种很少涉足的高级地毯上，我们像是正在走红毯的新郎一样，心情很是奇妙。怀着这种奇妙的心情，我们迈上了阁楼。

楼梯只有十级就没了，红地毯则继续向前延伸。走廊跟楼梯一样宽，长度则短到只有一米，笔直的走廊尽头是一扇门。

平整的木门完全没有装饰，只在右侧有一个黄铜色的球形把手。门本身是白色，不过靠近一看才发现，颜色上有色差，门的上方还有几处残留的漆块。

"是外行刷的漆啊。"我跟身后的穿地搭话，"是霞蛾本人刷的吗？"

"嗯，据说是三天前自己重新刷的。"

"那，应该还没干透吧。""密室专家"露出一脸不可思议的表情，摸着下巴，"穿地，你们有没有试着使劲敲过，或是用力关过这扇门？"

"没有。没对它乱来……"

"我想也是。"

倒理向门前迈了一步，突然抬起右手，"咚咚咚"地玩命砸门。

当然，这样还不至于把合页砸下来，不过白色的油漆粉末却从门上剥落，飘散到一尘不染的地毯上。

啊，原来如此。我小声念叨。画商手表上粘的粉就是这个啊。

飘落的油漆粉末把连着门的地毯边缘弄上了一块块白色，比起雪来更像是头皮屑。倒理蹲下身子，拿出自带的卷尺，一端紧贴在门上，测量粉末散落的范围。刚好是三厘米。随后，倒理又用手掸了地毯两三次，可能是因为静电，还有纤维比较细的关系，粉末牢牢地贴在地毯上，几乎掸不下去。

"你在干什么？"

"没，没什么。"

对于我的疑问，倒理随便敷衍了一句，就站起来握住了门把手。门发出了轻微的响声，朝我们这边打开了。

我们步入了凶案现场。

虽说是小阁楼，画室还是非常宽敞的。正面的架子上放着与美术相关的厚重书籍和画具，旁边是用于清洗调色板的小型洗脸池，再旁边是办公桌。

桌子跟前挂着白板，白板上用大大的字写着今天的计划——"八号上午九点跟三越商谈事情"。圆形的天窗封得死死的，八月过于强烈的阳光十分耀眼。地上铺的是木地板，壁纸是淡淡的奶油色，角落里放着空调和空气净化器——在房间中央倒下的画架旁，画着呈现人形的白色线条。

"没想到这房间这么整洁啊。"

"霞蛾英夫性格严谨，似乎经常打扫房间。"

"咦，倒理你也应该学学人家。"

"这话我可就不能当没听见了，冰雨你还不是经常把房间弄得乱七八糟的。"

"按比例来说你更多一些。"

"混沌是我的美学。"

"把这句当你的口头禅如何？"

我俩没营养地你一言我一语，看向了两侧的墙壁。墙上原本挂着六幅巨大的画作，现在每幅画框里面都是空白的。关键的画堆放在工作台前，就像跳楼大甩卖的地摊货一样被胡乱地堆在一起。最上面一幅涂上了深红色，遍布画上的每个角落。

我回头看向门口那边，我的搭档正仔细观察着那把锁，锁位于距门把手下方约十厘米的位置。

"我提个非常打击你们积极性的意见啊。"我突然想到了什么，就试着发表一下意见。

"凶手会不会用线从门外上锁？你想啊，门和门框之间的空隙足够塞进一把尺子。"

"这种情况我们也考虑过。"穿地说，"我们试了很多方法，但最后还是不行。门闩应该是太久没人用过了，锈得很厉害，光用线拉是完全拉不动的。也就是说，就算能从外面开门，也没法上锁。"

"确实。这样一来，用'针和线'就很难上锁了。"

倒理转着门闩说道。门闩随着手的动作发出吱嘎吱嘎刺耳的声音。

"从技巧上来说是不可能了，名警部补阁下还有什么高见？"

"你讽刺我呢吧。"穿地瞪着倒理，"我一直怀疑密室本身是不是瞎编的。因为只有死者的儿子跟画商确认过门上了锁。如果他们俩是共犯，那这一连串的证词就都是假的了……"

"驳回。"

在名警部补阁下说完以前，倒理就一口否定了。

"三越的手腕上粘着从门上掉下来的漆粉。也就是说，他的确敲过这个房间的门,他没有撒谎。"

"拿这当证据来否定,没有说服力啊。"我插了句嘴。

"证据很充分了。只要撒个谎说'打不开锁'就可以了,没必要特意敲门吧。"

"你这么说也对。"

如果是共犯,应该会有其他更好的犯罪手法。

我决定把密室交给搭档,专注于自己负责的部分——被涂得一塌糊涂的画。

不愧是"天空的作家",六幅画的主题都用蓝天统一在一起。雨后初晴的天空,从森林中仰望到的天空,清澈的冬日天空……细腻的笔触一点点描绘出千变万化的风景。

画的大小也全都一致,尺寸非常大,大概跟 B1 的纸差不多,但是厚度只有五毫米。跟那种把画布绷在木框上的普通油画不同,这六幅画的画布原本都绷在平坦的胶合板上。我记得听人说过,从尺寸大小来说,使用油画板的画布更方便运输,也适合拿去野外素描。我似乎能在脑海中描绘出霞蛾英夫生前的场景:他把这些板子抬到爱车上,去上野山等地绘画。

至于被涂得通红的那幅,从隐约透出的内容来看,似乎是一幅描绘乡下雷雨云的作品。我翻看背面,背面印刷着画的尺寸"P·40号"。P 应该是风景画(paysage)的首字母,尺寸字样的下面用铅笔不起眼地写着"夏日回忆 2009.7.30"。我把这行字跟白板上的字做了一下对比,应该是同一个人的笔迹。

"你不觉得标题很没特色吗?"穿地问道。

"也是……霞蛾很喜欢这幅《夏日回忆》吗?"

"据说也不是多么喜欢。"她看向了洗脸池那边,"那边残留有画笔的刷毛,以及涂过红颜料的调色板。凶手应该是在杀害霞蛾后从画框里拿出画，然后拿了画室里的画具，只把这一幅画涂满了红色。可是问题来了。"

"凶手为什么要这么干？"我继续说道，"至少不光是因为怨恨吧。"

把蓝色天空的画涂成红色，这行为我还能够理解。凶手要传递的信息显而易见——老子把你的作品弄脏喽！但是……

"我不能理解剩下的五幅画为什么会平安无事。凶手只特意涂了这幅《夏日回忆》，其他的完全没碰。这样的话，就没必要从画框里把画取出来了。如果霞蛾并没在这幅《夏日回忆》上下多少功夫，那就更匪夷所思了。"

"也许凶手一开始想把所有画都涂个遍，只是涂第一幅用了太多时间？"

"案发时间是深夜一点吧？距离天亮时间应该还充裕得很，也就是说……"

"也就是说，这个谜团的关键点在于'五幅没有被涂改的画'，而不是'一幅被涂改的画'。"

倒理突然插了句嘴。我看向他，他单手拿着自带的小型放大镜，趴在门前的地板上。又不是福尔摩斯，他在查什么呢？

"别抢我话啊！"

"可是我说得没错啊。"

露齿而笑的假福尔摩斯。我耸了耸肩，把视线移回到画上。

我推了一下眼镜，试图集中注意力。

头脑一如既往地冷静如冰，安静地开始运转，从无数个可能的动机中推断最有说服力且合理的动机。思考吧，片无冰雨。凶手把六幅画从画框中取出来，只把其中一幅涂得通红。他的目的是什么？

涂这么仔细，需要费不少功夫。从逼不得已的角度出发如何？凶手本来只想把画从画框里取出来乱堆一气，让死者受辱就心满意足了，并没有想在画上乱涂。但这时发生了凶手意料之外的事，为了掩盖这个事实，凶手不得不把《夏日回忆》涂红——比如说，杀人时因为死者抵抗，画上粘到了凶手的血之类的。

我试着从侧面观察这幅画。然而颜料覆盖之处都平平整整，画上并没有附着看似血迹的痕迹。看来是我猜错了。

那么干脆反过来想？凶手想用红色的画吸引大家的视线，好让我们不去关注另外的五幅画。

"这些画都是真的吧？"

我向站在一旁不断"啄食"苹果饼的穿地问道。

"我不会鉴别画是真是假，不过画背面的笔迹全都是一样的。"

"这样啊……"

我还想说五幅画里面，是不是有哪幅被换成了赝品，看来这个思路也错了。那么到底是怎么回事呢？六幅画，其中只有一幅是红色，偏偏这么不彻底，只涂了一幅……或许凶手误导我们的可能性本身就要比我想象中大。

"穿地，刚才你把水江也当成嫌疑人来处理了，难道那位太太是保险受益人？"

"你直觉挺准的嘛。"女中豪杰吃了一块苹果饼，"她确实是两亿日元人寿保险的受益人，所以杀人动机很充分。对了，龙也之前也因为自己的绘画风格问题，常跟他父亲发生争执。三越和被害者似乎关系不错，不过再怎么说，业务来往也不少于三十年了，没准儿背地里也有过不和。"

"可是，霞蛾死了，受益最大的是水江吧？"

"嗯，再怎么说也是两亿啊，换成我我也想要啊。"

"我也想要呀。"

"我也想要啊！"

……算了，先把没营养的话题搁在一边吧。

"或许对凶手来说，他（她）根本就不在乎把画这么半吊子地扔着。凶手只要从这六幅画里随便抽一幅扔在地下，再随便把其中的一幅涂满，让警方觉得'凶手是出于怨恨'就够了，凶手是想隐藏真正的犯罪动机。"

"真正的犯罪动机是为了保险金而杀人？"

"这么想的话，就能解释现场为什么是密室了。如果不被判断成他杀，是拿不到保险金的。但是又不能自找麻烦，所以凶手才把凶案现场伪装成密室，制造出一个从手法上来说不可能作案的情况。"

"确实说得通。这么一来，凶手就是霞蛾水江……"

"这个说法我也驳回。"

就在穿地差点要点头的时候，倒理又插了进来。

"那位太太要是凶手的话，我们一开始就不可能出现在这里。"

啊！悲剧了，我忘了这一点。

正是水江把我们叫来的，凶手怎么可能委托侦探来解决案件呢？这不就本末倒置了嘛。

"可，可是你看，我们不怎么出名，凶手可能想利用我们给搜查添乱……"

"不可能。因为凶手另有其人。"

倒理从门口走了过来，在我旁边单膝跪下，观察着那幅被涂得通红的《夏日回忆》。

"有什么发现没?"

他没有回应穿地的询问,而是把油画板翻了过来,然后取出手机简单操作了几下,这才开了口。

"穿地,把太太、儿子,还有画商带来。我有些事情想要确认一下。"

"别用下巴使唤警察。"

穿地警部补一边吐露着心中的不满,一边走下了楼梯。在等她带人上来的这段时间里,倒理一直在门前晃来晃去,用手指左绕右绕着自己的卷发,心情似乎前所未有的好。

"密室的谜底解开了?"

"嗯,不好意思啊冰雨,这次的案子果然还是我的主场。"

倒理把放大镜递给我,用脚尖踏了踏地板,好像在说"看看这儿"似的。

我蹲下身子,用放大镜查看门前的地板,地板确实很漂亮。

没有伤,没有灰……慢着,有东西在掉下来。

跟头皮屑很像的白色粉末正在一点点飘落。

"妈的!"

我下意识看向了天花板,烦躁的情绪和耀眼的阳光使我眯起了眼。这些线索连在一起,连我都明白手法是什么了,当然凶手是谁我也知道了。唉!这么简单,为什么我之前没注意到呢?!

不过慢着,这案子还有动机上的疑点。如果这就是真相,凶手为什么会……

"倒理。"

低下头,我恢复了冷静。

"很遗憾,这句话我得还给你了,这次的案件属于我。"

"这……"

我的搭档想说什么，但此时穿地刚好把那三个人带了回来，他的注意力也就转移到了那三个人身上。

水江、画商三越，以及儿子龙也。三个人一进门就齐刷刷看向房间中央的白线，脸上表情忧郁且阴沉。虽说他们很熟悉这间屋子，但再怎么说这里也是凶案现场，感觉都不会太好。

"到底什么事？"

倒理对着一脸警戒的三越摆摆手："没什么大不了的。只不过想问问您和龙也的体重。"

从听者的角度来说，肯定是丈二和尚摸不着头脑吧。然而三越却小声回答道："六、六十五公斤。"龙也那边用更微弱的声音答道："五十五公斤。"

倒理满足地点点头。

"那，该你了太太。你觉得你老公性格很粗暴吗？比如说脚步声很大，会用力开关门之类的？"

"我觉得他没那么干过，倒不如说，他这个人挺珍惜东西的。"

水江很明确地回答道。三个答案基本都如我所料。

"谢了太太，可以了，你们三位都下去吧。"

"哎？已经可以了？"

"嗯，已经可以了。我们的工作结束了。"

三人带着不太满足的表情从画室走了出去。门关上的一刹那，我们两人沉默地对视了一眼，点了点头。

倒理走到穿地身边，非常简单地宣布道：

"凶手是霞蛾龙也。"

4

"能给我解释一下吗?"

二十分钟后,穿地靠在画室的墙上,看看我,又看看倒理,手中撕开了一包新的苹果饼。

刚才警车急急忙忙赶过来,警笛声吵得人心烦,不过现在听上去已经像蝉鸣一般微弱了。画家的儿子被指认后,并没有怎么强烈反抗就被警方带走了。估计被问到体重那会儿就知道,自己已经无处可逃了吧。

"你们怎么知道他是凶手的?"

"靠敲门。"

身为手法专家的侦探得意地说。

"根据三越的证词,他曾经使劲敲过画室的门,所以我也试着使劲敲了敲,然后还没干透的油漆就脱落了,粉末飘下来,洒在了地毯边上。然而在我敲门之前,地毯上一粒灰尘都没有。"

三越敲门的时候,门上也应该掉下了漆粉,证据就是他手表表带上附着的粉末,一模一样。但是,地毯上并没有粘上粉。

"也就是说,起初敲门时飘下的粉末从地毯上面消失了?"

"没错。为什么会这样?不可能有人把粉清理掉了。我用手掸了掸,因为静电,粉末紧紧地粘在地毯上,弄下来没那么简单。出事后,不可能有人悠闲地拿着吸尘器过来打扫吧。那,是谁把地毯换了？这也不可能。因为地毯从楼梯一直连到门口，要换的话工程也太大了，这样一来，比较有可能的就是……"

"地毯的长度变了。"我插了句嘴，"三越敲门的时候，地毯短了三厘米，没有跟门接上。因此漆粉才没有落到地毯边上，三越敲门后，地毯才回到了原来的长度。"

"别抢我话嘛。"

"一报还一报嘛。"

我俩爽快地相视而笑，而穿地停下了拿着牙签的手，好像觉得现在不是笑的时候。

"说什么傻话，地毯怎么可能忽长忽短的。"

倒理打开门，摆了个酒店门童的姿势，示意我们出来。我跟穿地走出画室，穿过走廊，下了几阶楼梯，然后回过了头。

倒理从房间走出来，先关上门，然后蹲下来，把手指放在深红色的地毯边上，再唰啦一下把地毯拎了起来。他就这么拎着地毯，往楼梯方向前进，把铺在走廊上的地毯全都掀了起来，最后他转过身，打开房门，回到了房间里。

"他打算干什么啊？"

"你接着看就明白了。"

几秒后，倒理吹着口哨从房间里走出来，活脱脱像个给剧团搭布景的工作人员。但他腋下夹着的不是舞台布景，而是叠在一起的六幅油画板，叠在最上面的是那幅被涂满了深红色的《夏日回忆》。

倒理又一次关上门，然后把六幅叠起来的油画放在走廊的地板上，再在上面重新铺上地毯，把画给盖住。

"看，这下就变短了。"

我跟穿地一起回到门前，检查了一下脚下。长长的地毯一直从楼梯延伸到门口，地毯确实缩短了一截，缩短的长度等于重叠油画的厚度，并且没有跟门接上。而穿地花了点时间才察觉到这一事实。

从地毯和门之间空出的三厘米空隙间露出来的，是被涂成通红的《夏日回忆》的边缘——因为画几乎呈现跟地毯一样的深红色。

我握住门把手，试着轻轻打开门。但门是向外开的，铺在地板上的画正好卡住了门，使得门纹丝不动。

"也就是说，这扇门从一开始就没上锁。"倒理说。"因为这房间位于阁楼，所以门前只有一条非常窄非常短的过道，宽度正好是七十厘米，从门前到楼梯的距离是一米，六幅画刚好是P尺寸四十号的，这种油画的规格是一千毫米乘七百二十七毫米。也就是说，刚好符合走廊的长乘宽。"

"你居然这么了解油画的规格啊！"我话音刚落……

"我刚拿手机查的。"

"唔，这样啊。"

"凶手从画室出来以后，把六幅画叠放在走廊上，然后用地毯把画藏起来，把地板垫高。一块画板约五毫米厚，六块叠在一起，地板就高了三厘米。三厘米厚的画板起到了一个阻挡的作用，况且三越要打开门的时候，画板上还站着两个加起来一百二十公斤的男人。就算想开门也开不了。"

这样一来，如果门打不开，人普遍会产生门上了锁的错觉。

"那么，"穿地看向倒理，"凶手把画从画框里拿出来是为了……"

"为了用这个手法。光把一幅涂红，是为了弥补地板高出三厘米后，地毯短掉的那部分。凶手想让地毯看上去一直延伸到门口，所以才把画涂成了跟地毯一样的深红色。没有光涂边缘，而

图1

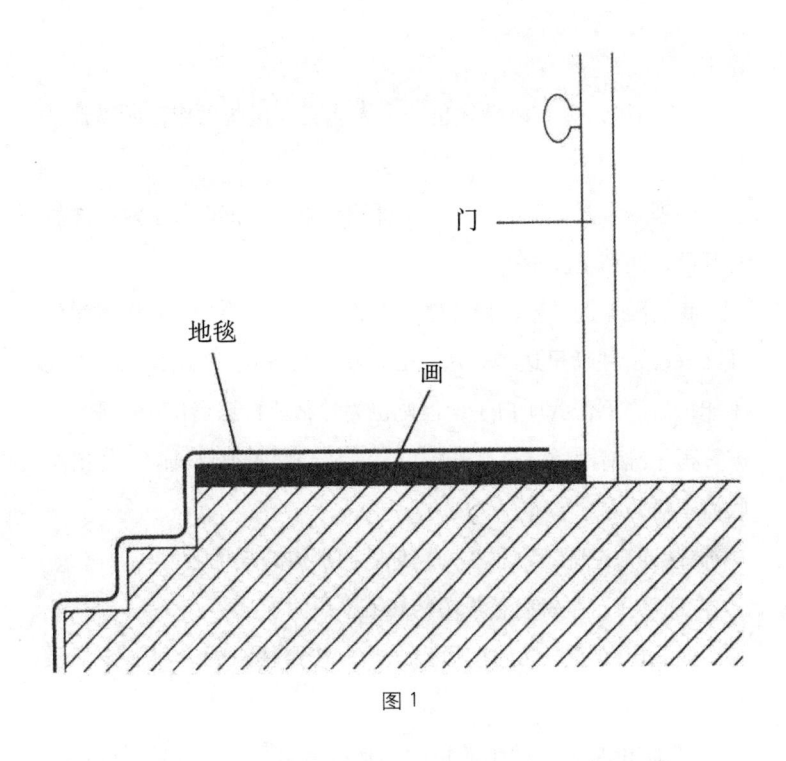

是把画全部涂红,是为了掩盖手法本身。"

倒理说着掀起地毯,抱起了六幅画。深红色不是血的颜色,而是地毯的颜色。我早该注意到的。

"凶手通过这个手法让三越误认为门打不开,然后趁着三越去一楼,把画搬回画室内,随便找地方一放——那时候凶手大概是用手帕代替的手套,等三越他们回来以后,再装出开锁的样子,非常自然地把门打开。证据就是落在房间内侧的漆粉。"

霞蛾英夫爱干净,而且不是那种会使劲关门的人。那么,让房间里落上漆粉的就不是霞蛾英夫,而是另有其人。

恐怕凶手在把画放回房里时才注意到,《夏日回忆》上粘上了白色的漆粉,于是连忙把粉拍掉,所以门前地板上才会落有粉末。

"不用说,只有霞蛾龙也一个人能完成这些工作,所以他就是凶手。"

倒理用半开玩笑的口吻表示证明结束,给推理收了尾,然后打开门,回到了画室里。

我们跟着进了屋,但穿地似乎还是不太能接受。她像是想到什么一样,往嘴里送了一块点心,嚼完后说道:"还有一件事我不能理解。手法我明白了,但龙也为什么要特意造出一个密室?就算再想洗清嫌疑,这么安排也有着相当大的失败风险。付出和收益不对等啊。"

"这谁知道呢,这种小问题你就问那边的眼镜吧。"

"那,我这眼镜就替没用的卷毛来说明了。"

该我出场了。我向前迈出一步,按照往常的老习惯正了正眼镜。

"从结论来说,凶手的目的不是造出密室,密室只不过是凶手在做了某件事情后衍生出的副产品。"

刚刚才解开"副产品"之谜的侦探,面部表情严重扭曲了。

"你这话什么意思?"

"给你个提示,基督教。"

"喂!不是吧!"

看来一句话他就明白了。倒理跟刚才的我一样喊着,把鼻尖朝向了天花板。

"怎么会……不对,没理由啊!"

"白板上写着今天早上三越会来。凶手非常有可能因为这个下手。"

"那凶手脑子有病吗?!"

"脑子一点儿病都没有,这个做法过去就有,很合理。"

"怎么回事?"

穿地没理睬拼命挠着一头卷发的倒理,逼近我身边。我手中整理着放在地板上的画,说道:

"霞蛾龙也有志成为画家,之前因为绘画风格问题,跟霞蛾英夫常有争执。某一天他忍耐到了极点,终于忍不住杀了爸爸。但是光这样他还不满足,他用某个方法玷污了他爸爸的作品,来宣泄心中的恨意——用跟江户时代的'踏绘'①同样的方法。"

听到这个词的时候,穿地的表情也一下子凝固了。

"那,凶手的目的是……"

"没错。龙也把画铺在地毯下面,不是为了制造出密室,而是为了让父亲三十年来的挚友——也就是三越本人,在一无所知的情况下践踏他爸爸所画的六幅画。"

---

①日本江户时代禁止民众信仰基督教,幕府为了探明民众是否为教徒而逼他们践踏基督教的圣像。

头发变短的尸体

1

我们住处（兼侦探事务所）的大门口没有安装电话门禁，也没有设置迎宾器、门铃、门环这类东西。

开业时我就全都拆下来了。

这当然不是一种脱离时代的表现，相对于对讲机那种毫无情感又乏味的声音，人直接用手制造出的敲门声则是千变万化的。以强弱、长短、间隔时间等信息为线索，大体上可以推断出站在门口的是什么样的人。这样一来，就能在见到委托人之前掌握对方的情况。

刚开业时，搭档还一直抱怨："你想什么呢？！这么一折腾，本来会来的客人都被你给弄走了，再麻烦也要有个限度……"近来他好像也理解了其中的奥妙，慢慢地不再抱怨了。说真的，我自己也觉得这主意真妙。我结合这个特点，把事务所的名字也起成了"敲响密室之门"。敲门！这主意多么聪明，跟侦探事务所多么合拍！

话说回来，说到今天响起的敲门声……

咚咚、当咚当、咚咚、咚咚、当咚当咚。

"是神保吗……"

我的搭档正要将一筷子笹笋荞麦面送到嘴边，此时停下了手中的筷子说道。

"是神保先生吧？"

药子——我们事务所的兼职，正在帮我们倒大麦茶。

"是神保吧。"

我表示肯定，往酱汁里拌着芥末。甚至没必要推理。全世界只有那家伙能把门敲得像打太鼓似的。

药子趿着拖鞋去了走廊。我的搭档——片无冰雨把筷子往餐桌上一搁，靠在了椅背上。他向后拢了一下那不起眼的短发，推了推那不起眼的银边眼镜，正了正那不起眼的藏蓝色领带，然后用他那唯一能给人留下印象的炯炯有神的双眼看向玄关方向。

"怎么他每次都赶在我们吃饭的时候来啊……"

"谁知道呢。"我说，"他这不是很有天赋吗？"

"有天赋？什么天赋啊？"

"骚扰别人的天赋。"

"咔嚓"一声，门打开的声音传入耳中。几乎与此同时，传来了一个轻浮的男声："呀呀，药师寺！才一阵子不见，你看上去更可爱了！"

"哎——真的吗？"

"真的真的，胸再大点就更完美了。"

"讨厌！神保先生真下流！"

啪——

"啊哈哈哈哈哈哈……"

"哈哈哈哈哈哈……"

看来可以认为平静的午后时光又泡汤了。我和冰雨对视了一眼，两人同时吸溜了一口面条。或许是芥末太冲了，鼻子里面呛得生疼。

没过一会儿，神保剽吉口中说着"嘿，真是好久不见"，被药子领到了厨房。凭说话的语气可能想象不到,他是个年轻男子,跟我们岁数相仿。头发染成浅茶色,身穿玛洛斯牌的西装外套,一脸傲慢的坏笑。长着一张帅气的娃娃脸,却让人感觉怪里怪气的。

"各位好各位好,片无你身体还好吗?御殿场,好久不见,你脖子周围看起来还是那么热啊。喔,你们在吃荞麦面啊?好像很好吃,能让我也尝一下吗?"

"想吃就给钱。"冰雨说,"一碗一千两百日元。"

"这么贵呀。"

"因为是女高中生给煮的啊。"

我用大拇指示意身着围裙的药子。不知道戳到他哪个笑点了,他又"啊哈哈哈"夸张地笑着,坐在对面的座位上,把手里一直拎着的巨大公文包放在了桌上,切入正题。

"我给两位带来了委托。"

神保是个中介,是一门流氓生意——不知道从哪儿搜集到案件信息,再强卖给合适的侦探。虽然让人不爽,不过这个男人的工作能力还是可以信任的。

"下北泽的出租公寓发生了凶杀案。委托人是公寓的房东,说是要赶紧解决,好找下一个房客。"

"这是我还是冰雨的案子?"

我条件反射般问道。

这个问题可能会让人觉得很奇怪,我跟冰雨两人都是侦探,共同经营一家侦探事务所。我们有着各自的分工,我是"手法专家",而冰雨则是"动机专家"。本来我也想单独把事务所的招牌改成"御殿场倒理侦探事务所"这个帅气的名字,不过除了自己擅长的领域以外,我们对其他的事一窍不通,所以没办法,只好相互协助。

话说回来，这次神保回答的是"片无"。话音刚落，我立马耷拉下脑袋，冰雨则把身子凑了上去。

"说一下详细情况！"

"我自然会说。"

神保把面碗推到一边，从公文包里取出了几张纸，铺在了桌面上。

"有一个叫作'黑木耳'的剧团，不不，成员只有四个人，不能说是剧团，应该说是搞笑组合吧。四个想当演员的年轻人聚在一起，通过小剧场等演出形式来进行喜剧表演。他们一起凑钱，租了一间隔音的屋子当练习室。"

"案发现场就在那里？"

"答得非常好。"

神保指向了文件里附带的公寓照片，公寓的名字叫作"speranza高桥"，不知道用的是哪国语言。照片里的房间大致位于一楼的正中央。

"他们租的是这间一〇三号房。'黑木耳'的成员里有一个叫西边的男生，在四个人里面年纪最小、地位最低。今天上午十一点整，他去了这间屋子的门口，据说是要在吉祥寺的一家叫作'COSMO座'的剧场表演，团长派他来拿落下的服装和器材。团长告诉他说：'开我的车把东西送到后台，东西我已经事先整理好了。'

"西边也有房间的钥匙，但钥匙没能派上用场，玄关的门虚掩着。西边想着真是不注意呀，迈进了房间。房间里没有任何人，地上放着还没打包的纸箱，卫生间的门还开着，里面传来水声。西边战战兢兢地往里偷瞄了一眼，发现花洒开着，浴室里有一个女人,身穿内衣,死在了里面。"

神保的手指随着他口中流畅的报告移到了另一张纸上。不知他是怎么查到的,上面贴着一张看似被害人的女性照片。照片上的女性约二十岁出头,身高和体型都属于中等,不过眉毛显得过于干练。为了弥补这种男孩子气,死者留了一头齐腰的黑色直发,额前则剪成了齐刘海儿。死者名为——

"善田美香。'黑木耳'的团长。"

"这么说,叫西边过去的就是她吗?"

药子递出客人专用的玻璃杯,顺便插了句嘴。神保回道"是这样",同时接过了药子递来的大麦茶。

"就目前情况来看,死者是在打包东西的时候遇害的,死于绞杀,凶手用类似细绳的东西勒住了她的脖子。除此之外没有挣扎过的痕迹。公寓跟前有一家便利店,监控摄像头拍到她在十点左右去买过饮料。也就是说,凶案发生时间是在十点到十一点的这一小时内。"

"嫌疑人呢?"我吸溜着荞麦面也问了一句。

"屋内和门把手上只发现了剧团成员的指纹。包括第一目击证人西边在内,这三名团员都很可疑,似乎都没有确切的不在场证明。"

"已经排查到这个份儿上了吗……这么说,无法理解的就只有'尸体的衣服为什么被脱掉了'这点?"

冰雨的表情中透着一缕失望,跟神保进行确认。我也十分理解他这种心情,女人衣服被脱掉的案子太常见了。这案子可真没劲啊,神保。

然而中介却坏坏地笑了,好像一直在等待冰雨做出这种反应似的。

"不，还有一点让人无论如何都没法理解。"

咚咚——神保这家伙抬起手指，像强调般敲着善田美香的照片。

"如你们所见，善田留了一头长发，在便利店的监控摄像里，她也还是一头长发——但尸体被发现时，她的头发却变短了，感觉是被一剪刀剪到了后脖子附近。"

"也就是说……"

"嗯，凶手剪掉了尸体的头发，并从案发现场把头发带走了。"

神保把脖子歪到将近六十度，一脸得意地说道："无法理解吧？"

2

"所以呢……"

女警部补站在"speranza 高桥"公寓一〇三号房的门口瞪着我们。

无框眼镜和泪痣,量身定做的灰色西装,是穿地。我们交往已久——本人坚持说只是相互认识而已,但我们从上学那会儿起就是朋友。

"所以,"穿地把话重复了一遍,"你们是来干什么的?"

"据说有身穿内衣的妹子。"

"我们就过来看看。"

我跟冰雨你一言我一语地答道。

"还妹子,都没气儿了。"

"没事,我们就好这口。是吧?"

"嗯,也不会抱怨。"

"得花钱保存吧?"

"放到冰箱里不就完了。"

"我总算知道你们为什么没女人缘了。"

穿地一副受够了的样子,从口袋里拿出装粗点心的小袋子。里面排着四个洒着砂糖的小甜甜圈。那是儿时吃过的,令人怀念的儿童甜甜圈。穿地捏了一个嚼着,用下巴指了指房间里面。

在家靠父母，出门靠……只是相互认识的人。我们脱了鞋，跟着穿地进了房间。

没有走廊，一个约十叠大小的单人房骤然现于眼前。几名搜查人员正在四处查看，调查衣柜和其他地方。

紧靠三合土制作的土间①，有一个非常大的空纸箱敞着盖子搁在地上。这次要演的好像是恶搞宫廷的戏，纸箱后面叠放着几件看起来很廉价的裙子，上面放着两台用于舞台音响的扬声器。旁边还放着胶带和剪刀，以及能在家电城等处搞到的塑料简易提手。看来死者确实是在打包行李的时候遇害的。

餐具柜上面摆着化妆品、银色和粉色的非主流假发，给人一种艳俗的印象，不过地上倒是收拾得整整齐齐。因为是练习室，所以家具也不多。左侧墙边只放着一张用于小憩的床，可以看到，床垫上摆着一个单肩挎包和一些女装，应该是善田美香死之前穿的衣服。右侧靠里的地方可以看见厨房，厨房跟前有一扇门，门的上半部分装着磨砂玻璃。

我们正想问这边是不是浴室，紧接着就从门里出来一位身着西装的年轻男子，这个男人嘴巴长得有点像鸭子，感觉除了好说话以外一无是处。

"啊，穿地警部补好。"男人低头行礼。

"小坪，排水口里面什么情况？"

"没发现什么可疑的……啊！啊！啊啊！"

男人才报告到一半，就突然叫了起来，用指头指着我们。什

---

①在日本传统民家或仓库的室内空间里，人类生活起居的空间被柱区分成高于地面并铺设木板等板材的地板，以及与地面同高的土间两个部分。土间相当于可以直接穿鞋踩的一块低于地板的平地，现基本用于脱放鞋子。

么事啊……

"难、难不成这二位就是那个?您说的两位侦探?"

"别吱哇乱叫的。"

"他叫小坪。"穿地呵斥了他几句,然后转向我们这边,随便介绍了一下。

"初、初、初次见面!我叫小坪清太郎!这个月刚被调到搜查一课!"

小坪显得异常兴奋,轮流握了握我和冰雨的手——应该说是强行来握的。

"你听说过我们?"

"嗯,我经常听穿地警部补说起二位,长得像恶魔的卷毛和不起眼的四眼,果然跟传说中的一样!"

"恶魔?"

"不起眼的四眼?"

我们向穿地投去了如利刃般饱含责备的目光,但穿地却像事不关己一样,丢了一句"看,身穿内衣的妹子",便打开了浴室的门,随后像是看不起我们似的,又咬了一口儿童甜甜圈。

"好好加油泡她吧。"

浴室里设有厕所、洗脸池、浴缸,也就是所谓的三点整体卫浴。马桶前面的墙上贴着发声练习表格,确实给人一种练习室的感觉。掀开塑料浴帘,不出所料,等待我们的是一具尸体,尸体以JOJO[①]封面般的奇怪姿势躺在浴缸里。

这位女性长得跟神保给我们看的照片一模一样,是善田美香。漆黑的直发在后颈部位断得干净利落。内裤是带有幻想色彩

[①] 指《JOJO的奇妙冒险》,荒木飞吕彦所著的漫画。

的薄荷绿。虽然说这话有点失礼，但这干瘪的身材几乎让人想问——有必要戴胸罩吗？要是让神保来评价的话，他肯定会叹口气，说出他那句口头禅："要是胸再大点的话……"

花洒早就被关掉了，失去血色的肌肤上带着零零星星的水滴。我看向死者脚边，一把银色的剪刀泡在水里。看来"理发"也是在这里完成的。

冰雨用手轻轻抬起尸体的下巴。绕脖子周围一圈，可见纤细而清晰的缢沟，以及数道像用指甲抓挠过的细小伤痕，好像要把手指塞进绳子跟脖子中间似的，看来被害者遭绞杀时，曾经想要扯开绳子，痕迹正是因此而形成的。嗯……这像哪条公交线路图来着？吉田线的？啊，不，吉川线的吗？

"确实没有其他外伤啊。"冰雨感叹道，"极为普通的一具惨遭绞杀致死的尸体。"

"除了头发变短这点以外，确实没有什么可疑的。凶手的目的是？"

我用一副事不关己的态度问道。事实上，确实不关我事，这类动机问题一向是由冰雨负责的。

"比起头发我更在意内衣。既然要把尸体放在浴缸里，应该让她全裸才更自然。明明都脱了衣服，为什么却留下内衣没脱？"

"凶手是喜欢穿着衣服干那事儿的变态？喜欢湿身内衣诱惑？"

"你这犯罪心理画像法净分析出一些变态来啊。"

我没憋住，笑了出来。我还没来得及解释只是开个玩笑而已，我的搭档就回到了浴室外面，跟一直在门旁等着的穿地简单确认了一下："床上的衣服是被害者的？"

"嗯。跟便利店的监控摄像里拍到的一样，就是她的。"

我们摆出一副事不关己的样子，跟搜查人员打打招呼，凑近了床边。首先查了查挎包，但并没有发现什么重要线索。接着我们又把堆在一起的衣服一件件掀开。

最上面的是一双白袜子，袜子下面是薄款及膝裙，再下面是两件套风格的长袖T恤，只有领口和下摆的色调不同。很适合九月初穿的清凉搭配——

等一下——我脑子里突然想到了什么。

"冰雨，这衣服……"

"嗯，是自己脱的。"

"什么？"穿地在我们背后大声说道，"你们怎么知道的？"

"看顺序。"冰雨说。"裙子堆在了T恤上，也就是说，死者先脱的T恤，再脱的裙子。穿地，你帮尸体脱过衣服没？"

"真不巧，我经验可没那么丰富。"

"那，就跟我们一样，发挥一下想象力，要把衣服从不会动的尸体上扒下来，可相当费工夫，同时凶手还急着想赶紧逃离案发现场。这种时候，大部分人都会先脱容易脱的衣服，首先是裙子和袜子，最后是T恤。"

T恤不同于裙子，裙子只要解开挂扣，马上就能脱下来，想脱T恤，就必须把身体从领口和袖口里拽出来。哪种更容易脱，一目了然。

"但是，按现在的堆法来看，T恤排在前面，也就是说，被害者的衣服不是凶手脱的，而是她自己脱的。尸体不可能自己脱衣服，因此善田美香很有可能在遇害前就把衣服给脱了。"

"被害人不是在被凶手脱掉衣服后，而是在身穿内衣的时候遇害的吗……"

穿地咬了一口第二个儿童甜甜圈，小坪刑警则在穿地身后"喔喔"地感动到眼睛闪闪发亮，真想对他这种典型的反应道个谢。

"可她为什么会在这种地方脱衣服呢？是换衣服，还是说……"

"想跟男人上床。"我把手撑在简易床上，感受着硬过头的弹簧，继续推测着，"或许当时在玩窒息游戏。"

"这不太可能吧。脖子上有抵抗过的痕迹，我不觉得被害者很舒服。"我那不懂察言观色的搭档否定了我这富含幽默感的假设，"不过就动机而言，把凶手推断为男人不失为一个好方向。被害者进了房间开始收拾行李，这时候她男朋友进来了，气氛不错，于是两个人大白天就想开始亲热，但是中途发生了口角，被害人就被勒住了脖子。或许有可能是这样……那个，小坪是吧，你知道剧团成员的长相和姓名吗？"

"啊，知道，这里是名单。"

小坪从肩上挎着的包里取出资料，上面有三个年轻人的照片，照片上分别写有他们的名字。

西边宪。

古井户佐和子。

奥寺幸次。

西边这个人在神保的报告里也出现过，他是第一目击证人。本人看起来有点学生气，不过个子很高，身体很结实。据说他在十一点十分前驾车赶到这里，此前一直都待在自己家。

古井户佐和子是一个小脸女人，戴着眼镜，梳着就快要不符合本人年龄的双马尾，虽然看着有点荒唐，不过毕竟是当演员的嘛，还是可以原谅的。据说这个女人十点到十一点也"在自己家睡觉"。

奥寺是一个小个子男人，剪了个波波头，身子很瘦，长得偏中性且小清新，带着一种中性的亚文化气质。就连本人写下的不在场证词都很符合他的这种气质——"那会儿我在下北泽闲逛，想买旧衣服，没有明确的目击证人。"

"不过穿地警部补，我觉得凶手可能不在他们之中。"

"为什么？"

"我带他们到局里问话来着，他们录口供的时候都低着头，一脸难过的样子……可能是知道团长死了，打心底里感到震惊吧。"

"连小孩都会低着头装出一脸难过的样子。"

"穿、穿地警部补！您别说得这么过分嘛！"

"小坪……你这样还能当刑警？"

先不理会那两个刑警毫无建树的对话，我们把注意力集中到了报告书上。奥寺幸次的不在场证明下面，"美香的恋人"这几个字被圈着圆圈。

"这个叫奥寺的豆芽菜是被害者的恋人？"

"你俩没资格说人家，不过没错。"穿地总是要多那么一句嘴，"这种情况在类似的组合里很常见，不过他们俩谈恋爱以后，剧团里似乎一直有摩擦。"

"那，"冰雨把目光移回到床上，"被害者之前一直跟奥寺是那种关系？"

"不仅限于恋人。"我说，"也可能存在第三者，两人正打算暗地里偷情呢。"

"那，是西边？按理说第一目击证人确实可疑。"

"最近女同性恋也不少。"穿地说，"对象可能是古井户。"

"范围要扩大到这个地步，就没办法确定凶手了。"冰雨像是认输般缩起了脖子，然后用一句"总之嘛"做了总结，"被害者在遇害前身穿内衣，凶手勒住她的脖子，将其杀害，然后剪掉头发，把尸体放在浴缸里，再打开淋浴。"

"为什么要剪头发开淋浴？"

"别光让我想啊！"

"我对手法以外的东西不感兴趣。"

"嗯嗯，好好……凶手打开淋浴放水，可能是为了消除接触留下的痕迹。"

"我也持相同意见。"女警部补说道，"因为尸体被水打湿了，目前无法从被害者的头发和身体检验出任何线索，剪刀上也没有查出指纹。"

反过来一想，凶手很可能跟身穿内衣的被害者有过贴身接触。确实，这样一来，这条思路就比较靠谱了——在交欢的过程中发生了什么异常情况。

女的一开始把衣服脱了。既然凶手和被害者有着不道德的关系，犯罪动机恐怕就是情爱纠纷。把被害者放在浴缸里，也是为了洗去因此留下的痕迹。好好，很顺利，剩下一个问题。

"那……凶手为什么要剪掉被害者的头发？"

小坪说出了我们都在思考的问题。

冰雨双手叉腰，眼神游移了一会儿，一脸严肃地说道：

"这个，还不清楚。"

3

"肚子饿了……"

"都没怎么好好吃荞麦面嘛。"

"赶紧搞定,然后去吃点什么吧,来点高级的。比如天妇罗盖饭之类的。"

"我有一大堆店想去呢。"

冰雨一跷腿,床上的弹簧嘎吱一响。

我们坐在床的两侧,中间隔着善田美香的衣服。穿地占据了窗边的位置,一边嚼着第三个儿童甜甜圈,一边确认搜查人员提交的报告。看着女中豪杰的表情越来越严峻,就知道没什么了不得的新发现,调查还在原地踏步。

不过,我们侦探这边也是一样。

"你对头发有什么想法吗?"

"这个嘛……最有可能的,是出于某种变态欲望。"

"凶手有恋发癖?"

"没错。"

你这犯罪心理画像也够疯狂的啊。

"话说,我之前读过一本跟这案子很像的推理小说。"

"哎?"

"女尸只穿着内衣,其他衣服都被扒掉了,一头长发也被利落地剪掉了，在那个故事里面，凶手是为了使用某种手法才利用头发的。"

"难不成那本第一版是光文社KAPPA NOVELS书系出的？"

"你怎么知道？"

"很久之前我借给你看的。"

有这回事？我忘了。

"这次案子的真相跟那个不一样吧，现场状况差太多了。"

"这我知道，我想说的是，凶手不一定是出于仇恨或者恋物癖。"我用手指拨弄着弯弯曲曲的发梢，"凶手应该有更明确的目的。"

"目的吗……"

这会儿冰雨不光跷着腿，还把双臂也交叉起来了，整个人沉浸在冷静的思考之中。

"剪去的头发大概有五十厘米长，凶手想用它干什么呢……可是，在一时冲动杀了人以后，还能考虑这些吗？"

"你怎么知道是一时冲动？"

"因为凶手很明显是急忙逃跑的，门没关，门把手上的指纹也没擦。"

呃，这点我也忘了。

"也有可能凶手想反其道而行之，故意做给我们看的。门开着也是出于第一目击证人的证词。"

我佯装平静予以反驳，冰雨微微一笑，只说了一句："谁知道呢。"看来这种谜团还是他比较擅长。七月发生的"侏儒自杀事件"还是我的专场呢，那案子真有意思，没想到死者会用大冰块来垫在脚下上吊……

"穿地警部补!"

这时,小坪急匆匆地跑进了屋。

"车、车站前的垃圾场发现了长约五十厘米的一束头发!看样子是被害者的!"

"头发……找到了吗?有什么异常吗?"

"看上去没什么异常……只是单纯的头发而已。"

搜查人员间掀起一阵波澜。穿地转过头来,像是寻求我们的意见似的。我和冰雨相互对视。

"车站离这儿不远啊。"我说,"为什么把头发扔了?凶手不是需要头发吗?"

"看来不是……那是为什么?把尸体的头发剪掉,再从现场把头发带走就够了?这么做的目的是……是……"

冰雨用手指向上推了推眼镜,这是这家伙推理时的习惯。只见他收起下巴,垂下眼帘,嘴里不知道在嘟囔些什么。

过了几秒,冰雨如同触电般从床上跳了起来。

"穿地!我记得凶器是细绳之类的东西吧?"

"哎?嗯。凶器目前还没找到,还不知道是什么……"

穿地说到一半突然沉默了。我也灵光一闪,跟她同时叫了出来。

"是头发啊!"

"多半是。"冰雨用力点头,"仔细一想,那具尸体有点古怪,通常要用绳子勒死长头发的人,头发多半会碍事,脖子后面的缢沟应该会浅一些。"

然而,善田美香的脖子周围却留下了一圈清晰的缢沟。

"如果头发本身是凶器,脖子后面当然会留下清晰的痕迹了。"

"怎、怎么回事？"

小坪上气不接下气地问冰雨。

"善田美香在这间屋子里跟某人私会，中途因为某件事，跟对方发生了口角，对方失去了理智，想把美香勒死，手边又没有合适的凶器。"

"当然了。"我补充道，"这屋子收拾得很干净，女的都脱了，对方也肯定光着身子。"

"这时对方突然一眼看到美香的长发，就像编双马尾辫一样，两手各抓一束头发，缠住了美香的脖子，使劲勒紧。绳索般的头发陷进了她的脖子里，留下了非常像细绳的缢痕。"

"可凶手为什么要把头发剪下来带走呢？"

穿地立即提出了疑问。

"这还用问？因为头发上沾着能暴露凶手身份的东西。穿地，再发挥一下你的想象力，用两只手使劲拉扯头发，到底会发生什么？"

"头发……会掉？"

"这是一般拉扯头发的情况，因为绕了脖子一圈，头发是不会掉下来的，就跟系鞋带一个道理。还有别的情况吗？"

冰雨滔滔不绝地说了一通，穿地把儿童甜甜圈的袋子收到口袋里，像是要勒死想象中的那个善田美香似的，双手握拳，忽地用力摆了个架势，然后慢慢松开拳头，来回看着两只手的手心。

"……是血。细头发陷进了手指的关节里，有可能会渗血。"

"回答正确。"

案发时，凶器——也就是善田美香的发梢沾上了凶手的血。凶手为了隐藏证据，就把头发剪断带走了。

"这样一来，动机问题就全部解决了。"冰雨笑容中满是自信,"剩下的,就是查出谁是凶手了。"

"我、我马上去调查头发!如果从发梢查出血液反应……"

"不,查嫌疑人比较快。"穿地说,"手指上有伤的那个就是凶手。"

"啊,原来如此,那我马上去查!他们三个应该还在局里,马上就能确认!"

小坪慌慌张张掏出手机,给警局打了电话。穿地表情没变,但像是心里的大石落了地一般,叹了口气。冰雨推理完了,也松了松领带,像是很热似的。

"又搞定一桩案子吗?"我说。

"不过这次没你出场的份儿啊。"

"我这是给不起眼的华生一个表现的机会。"

我们损了对方两句。我放心了,把心思转到将要从委托人那儿获得的酬金,以及还没见面的高级天妇罗盖饭上。

有点遗憾,看来这次的案子没什么了不起的。

然而——

"那个……三个人都查完了,可是凶手并不在其中。"

三分钟后,小坪打完电话,一脸尴尬地告诉我们。

"哎?"

"什么?"

"啥?"

我、冰雨、穿地同时反问道。

"那个……凶手不在他们三个人里面,剧团成员里没有谁的手指受伤。"

这要是"黑木耳"的公开演出,肯定会收获一阵爆笑声。

穿地正要咬第四个甜甜圈,听到这个消息她整个人都僵住了。我们正穿鞋子准备回去，也一副白痴般的表情定格在原地。一丝冷汗从小坪的额头滑下。

"没人受伤？"没过一会儿，我的搭档开了口，"也就是说，凶手不是剧团里的人？不，要是这样的话，指纹的问题就……我推理错了？可是，这又是怎么回事呢……"

冰雨又进入思考模式，在原地转来转去。这次没法说不关我的事了，我也开始沉思。

没人手指有伤，就是说，被害者的头发上也没有沾到血？

不，这不是没有可能。我刚刚才注意到，这段推理有一个漏洞。虽然用水冲过一次，但凶手也不可能把沾有血液的头发就这么随随便便给扔了。这样一来，推理果然还是跑偏了，凶手剪掉头发应该还有其他原因……可是，那会是什么原因呢？

我换了个位置站着，脚下奇怪的坚硬感让我回过神来。我低头一看，发现踩到了一个蓝色的塑料提手，形状像是圆顶礼帽的剖面图。是用来打包行李的简易提手。这玩意儿的正式名称叫什么来着？听说夹面包袋子的那个叫"面包封口片"……不对，等等。

"冰雨。"

"倒理你别跟我说话，我正在想事情……"

"冰雨！"

我可等不了。我一把抓住冰雨的头，强行把他拽过来，让他往我脚下看。

"看，这个提手。"

"啊，这不就是装家电什么的箱子上安着的东西吗，正式名称叫什么来着？"

"名字啥的无所谓！你仔细看看！为什么这里会出现这玩意

儿？"

"这还用说，为了打包行李提前准备的呗，这不是很正常吗？"冰雨傻乎乎地摇摇头，"被害人在盖好纸箱以后，为了方便搬运，打算挂上这个，现在再加上胶带，还有剪刀……"

我的搭档也终于注意到了。他凝视着空箱子，一脸惊讶地抬起头。

"没有塑料绳。"

"你说没有什么？"

穿地问道。

"绳子。没有用来打包行李的塑料绳。善田美香为了打包行李，事先准备了简易的塑料提手，因为提手得挂在绳子上，所以要打包这个箱子，就肯定需要塑料绳，或是跟塑料绳差不多的东西。但是为什么没有？单单忘了准备塑料绳？"

"不。"我说，"胶带和提手，还有剪绳子的剪刀都提前备齐了，不可能忘了准备关键的绳子。"

"这样的话，善田美香应该也准备好了塑料绳，但现在这里却没有塑料绳，因为有人把它带走了。"

"塑料绳。绳……难不成真正的凶器是塑料绳？"

"有这种可能性。"

"可是这样一来，头发的事又怎么解释呢？"

"这个嘛……"

在两位刑警的追问下，冰雨一时语塞了。我则一直盯着空的纸箱和堆在一起的衣服。除了简易提手，还有某些东西在我脑海中挥之不去。

我向上拢了一下自己的卷发，一把抓住。

到底是什么，我自己也不明白。每当不明白的时候，我总是会转变思路，一脚踢翻已经堆砌好的逻辑，重新建造新的逻辑。来，思考吧！御殿场倒理！你要怎么把这些线索连接起来？浴室、内衣、脱掉的衣服、空纸箱和塑料绳，还有头发变短的尸体……

一瞬间，我想到了某件事。

"冰雨。"

我又再一次呼唤搭档的名字。

"看来我犯了个错误。"

"什么错？"

"这案子不该归你负责，怎么看都应该由我来。"

"啊？"

我对满脸写着吃惊的冰雨投去了一个微笑，经常有人取笑我说这是恶魔般的笑容。

"能帮我跑趟腿吗？"

4

刺啦一声轻响。

穿地吃完了儿童甜甜圈,又开了一袋新的零食。这家伙到底在口袋里放了多少零食啊……

大部分搜查人员都回警局了,案发现场剩下的只有警部补、她的部下,还有我三个人。穿地靠在墙上,小坪在房间里焦躁地打转,我坐在床上愉快地玩着手机游戏。这是一款品味奇特的解谜游戏,玩家需要用俄罗斯方块的诀窍来逐渐减少囤积的书,搞不清制作者到底在想些什么。

"话说,御殿场先生……"

"嗯?"

"我刚才就一直在想……您这身衣服,不热吗?"

小坪跟倒理搭了句话,我看着小坪的表情,不由苦笑了一下。看得出,他不是想随便聊聊来打发时间,而是真的一直就很在意。倒理这身衣服——黑色高领毛衣,确实对天气尚热的九月来说,有些不合时节。

"肯定热啊,不过我已经习惯了。"

"习惯了……您热为什么还穿这身呢?"

"你是刑警,自己推理试试,给你个提示——"

"御殿场。"穿地突然打断了我的话,"这类话题就此打住。"

"我倒是不介意。"

"我介意。"穿地突然换了个话题,"话说,片无去哪儿了?"

"你马上就会知道的。已经过了三十分钟,他差不多该联系我……"

话还没说完,就响起了《在山魔王的宫殿里》的来电铃声。来电显示是"片无冰雨"。看吧——我嘀咕了一句,接了电话。

"喂?倒理吗?我到了,要怎么办才好?"

通过开启了免提模式的手机,冰雨的声音径直传来。

"到了吗?辛苦了,你那边什么情况?"

"是一个相当正规的live house,不像是不正经的场馆。"

"他在哪儿?"穿地小声插嘴。

"在吉祥寺的'COSMO座'。"

"吉祥寺……西边本来打算运行李过去的那个小剧场吗?为什么要去那儿?"

看来就算我说破了,问题也还是无穷无尽。我没理会穿地,继续跟冰雨通话。

"冰雨,我想了解一下出入口的安保情况。有监控摄像头吗?"

"型号比较老,不过还是安着的。正面玄关处有两个,我刚刚确认过,内侧的工作人员出入口那儿也有一个。没有其他出入口。"

"那窗户呢?"

"整座建筑都安着空调呢,所以窗户应该全都上着锁吧。"

"喔,这样啊。谢啦,爱你哟。"

"我还是第一次被人用这么让人高兴不起来的方式感谢。"

先不管冰雨那恼怒的回应。

"我确认完了。杀害善田美香的是她的恋人，奥寺幸次。"

我干脆利索地指出了凶手。穿地、小坪，恐怕还有正待在吉祥寺的冰雨，都对这一句令人扫兴的话感到迷惑不解。

"为什么他会是凶手？"

警部补和搭档的声音重叠在一起，我从硌人的床垫上下来，走到了玄关前，用脚轻轻踢了踢那个纸箱子。

"跟脱掉的衣服一样，依据来自这些'堆着的行李'。纸箱旁边的这些行李——裙子上堆着扬声器，往裙子上堆扬声器本身就很奇怪，堆放的方式也很奇怪，不是吗？

"一般人在收拾行李之前，都会把行李按顺序排好，而不是堆在一起，就算要堆，也不可能把容易压坏的软东西放在下面，而把这么沉的器材放在上面。这么一来，只有在一种情况下行李会摆成这样，就是凶手慌慌张张把已经装过一次箱的行李拿了出来。"

"你是说，这些行李不是没打包，而是已经装过一次箱了？"

"对，凶手为什么要把行李拿出来？感觉不像是在找东西，如果是的话，衣服什么的应该要更加散乱才对。凶手把东西都拿出来了，所以也不是想随便拿点什么，这么一来，就存在以下假设：那个把行李拿出来的人，打算在箱子里放点什么别的东西进去。这东西很大，大到不把行李全部拿出来，就放不进这么大的纸箱子里。"

"啊，原来如此。"是冰雨的声音，"尸体吗？"

我冲着电话那头的搭档点了个头。

"然而实际情况又怎么样呢？如我们所见，箱子里并没有放什么尸体，凶手忙活到一半就把箱子扔在那儿了。这是因为在放入尸体之前，凶手身上发生了某件事，比如说——凶手被复活的尸体杀了个回马枪，反而被人给杀了——之类的。"

"哈？"

穿地的面部表情变得越来越扭曲了。她好像想说点什么，不过被我一句"听着吧"给压下去了。

"十点以后，善田美香来到这间屋子，开始打包服装和器材，正要盖上箱子，她的恋人奥寺忽然出现了。两个人发生了口角。因为他们俩的关系，剧团应该一直有摩擦，可能因为这个原因，两人开始讨论分手。没过多久就大吵一架，善田美香被怒气冲昏了头，估计就拿了用来打包的塑料绳，勒住了奥寺的脖子把他勒昏了。"

"不是奥寺勒住了善田美香的脖子吗？"

"不是，正好相反。不知是哪一方先挑事，总之先勒人脖子的是善田美香，美香以为自己杀了奥寺，然后就拼命考虑应该怎么办。"

不能把尸体扔在这里，十一点西边要来；公寓跟前那家便利店的监控摄像头也拍到了她。只要这两个条件凑齐了，警察再怎么没脑子都会马上明白，美香就是凶手。

"因此美香想到了'转移尸体'的法子。把尸体装到纸箱里打包，自己离开公寓，对此事一无所知的西边会在十一点过来，把行李运到吉祥寺的后台去，等确认尸体到了后台，自己再偷偷溜进去，从纸箱里把尸体搬出来，放在后台。接下来只要把自己带来的服装和器材装到纸箱里，就能伪装出奥寺在后台被杀的假象了。"

"可是，这么一来结果还是一样啊。"穿地打断了我，"小剧场的出入口不是安着监控摄像头吗？要是被摄像头拍到，就一下子露馅了。"

"而且，"新人刑警继续指出，"采用这个手法的话，结果就会是监控摄像没拍到的人突然变成了尸体出现在后台吧？更何况监控摄像还会显示，不久之前同一剧团的成员才搬着大纸箱子进来，就算是我，也会明白这是凶手用的诡计啊——原来纸箱里装着尸体。"

"当然，善田美香也考虑到了这一点，"我说，"所以她决定易装成奥寺幸次。"

穿地二人再次沉默了。与此同时，我的手机里传出"啊"的一声懊悔的喊叫。华生呀，你现在发现已经太晚了。

"就是这样吧？易装成奥寺去后台，从纸箱里把尸体搬出来，再假扮成别人离开剧场。这样一来就变成'奥寺从正面玄关进来，被发现死在了后台'这种极为常见的凶杀案了。监控摄像不会拍到善田美香，这意味着什么？"

"构成了完美犯罪，毫无破绽。"

"但、但是她能这么顺利地易装成奥寺吗？"

"能。"我的搭档给出了一声有气无力的肯定，"奥寺是一个身材矮小又瘦弱，带有中性气质的男人。相对而言善田美香则是一个长得比较男孩子气的女人，胸部也没大到很显眼的地步，也就是说，两个人外貌本来就很相似。再用练习室的化妆工具修饰一下脸，把衣服换了的话，应该就能骗过监控摄像和路人的眼睛。在她离开剧场的时候，后台也有这样的化妆道具，因此不会有什么问题。最重要的是，她还是个演员。"

没有我发言的必要，这个解说正中靶心。最后这位专攻动机的侦探非常不开心地补充道："剪掉头发就是出于这个原因吗……"

"对，简单来说就是'为了易装'。奥寺和美香唯一的不同就是头发的长度。可悲的是，搞笑剧团的假发都是粉红色、银色这种奇葩的颜色，没有不起眼的黑发，想用假发蒙骗过去都不行。因此美香没办法，只好自己剪掉头发，为了看起来像奥寺的波波头。"

"原来不是凶手剪的，是她自己剪的啊……"

穿地又咬了一口儿童甜甜圈。

"顺便说一句，能确定奥寺是凶手的关键就在于这束头发。比较其他三名成员来看，美香和西边的身高差太多，没法易装；古井户梳着长长的双马尾，想装成她也没必要特意剪掉头发；善田美香易装时必须剪掉头发才能易装成的人只有奥寺。因此奥寺幸次当时在案发现场。"

不在场证明也明确了这一点。奥寺回答说，十点到十一点为止"都在闲逛"，估计是认为来过这屋子的事可以隐瞒，但之前出门的事没法瞒天过海，所以才供述得这么含糊。

"那，我就继续让案件重演了，善田美香马上想到了我刚才说的那个手法，首先去了浴室，一边注意不留下痕迹一边把头发剪掉，然后参照奥寺的脸来化妆，再脱掉自己的衣服和奥寺的衣服，她并不是大白天就开始发情，她是想完美地装成奥寺，所以才自己脱掉了衣服。"

"原来没有全裸是因为这个啊……只要外表看着一样就足够了，不需要连内衣都换掉。"

"正是如此。之后就该轮到纸箱出场了。美香把里面的行李拿出来，把奥寺的身体弯折，打算把他放进去，然而……就在这时，她却突然被奥寺袭击了。"

从昏迷中醒来的奥寺抓住了缠在自己脖子上的塑料绳，在一头雾水的情况下忽然进行反击。他成功了，不小心成功了。

凭女人的柔弱力量是勒不死男人的，但反过来就不一样了。

"接下来,这次变成奥寺易装了,他首先把自己的衣服从美香身上脱下来,重新穿上,然后把尸体拖进浴室,用淋浴器从头到脚淋着,试图把美香脸上模仿自己的妆洗掉。剪刀应该是美香用完了放在那儿的。做完这些以后,奥寺拿着沾有自己指纹的塑料绳,连门都不记得关,就慌张地跑了出去……"

结果剩下的就是这么个古怪的现场状况。身穿内衣躺在浴缸里的尸体,变短的头发,自行脱掉的衣服,消失的塑料绳,再加上从纸箱里拿出来的行李。

"但是,他为什么要连头发也一起带走?"穿地问道。

"既然美香把衣服都换了,那么包应该也换了,美香觉得头发可能成为证据,于是想在外面把头发处理掉,就提前放到奥寺的包里了。之后奥寺杀了美香,把衣服和包都抢回来逃跑,他在车站前发现里面还装着头发,就把头发扔在垃圾场了。想想也是,没人会在发现包里装着死人的头发以后,还想把头发带走吧。"

穿地在咽下第二轮的第四个甜甜圈(总计是第八个,会发胖的喂)为止,都在一直研究我提出的结论。过了一会儿,她冷静地问了我一句:"证据是?"

"我能接受你这套推理,但这只不过是推理。有证据能证明奥寺就是凶手吗?"

"如果奥寺之前差点被杀的话,脖子上应该会留下绳子的痕迹。可能没有缢痕那么明显,但是应该会留下浅浅的勒痕。"

"小坪,你说过,那三个人都低着头吧?"

"啊,是。"

"奥寺可能是不想让我们看见脖子,才故意这么做的。去查一下。"

"遵命！"

这次用了不到两分钟就确认完了。小坪一脸兴奋地冲电话那边点着头，穿地咔啦一声捏扁了装甜甜圈的小袋子。这是表示案件解决的"锣声"。

"这下，案子总算搞定了。"我跟身在吉祥寺的搭档报告道，"总体评价如何？"

"实际上，我很不甘心啊。"

"别这么说嘛，你回来吧，我等着你。回来以后让药子给我们做点什么吃呗。"

"不去吃天妇罗盖饭了？"

"我想了想，还是女高中生亲手做的饭菜更好吃、更划算。"

"哈哈。"电话那头传来喷饭般的笑声，"确实。"冰雨补了一句，挂断了电话。

我把目光从手机上移开，一抬头又看到小坪感动到闪闪发亮的双眼。

"哎呀，太厉害了！跟穿地警部补说的一样，二位侦探真是才华横溢啊！"

"谢谢。"

穿地那家伙，还说过这种话吗？搞得我都有点不好意思了。

"只要您二位出手，就没有解不开的谜团吧！"

"哪能都像你这广告词说的那么顺利啊。"

我带有几分自嘲般地笑了笑，用手指摸了摸自己的脖子。虽然感觉到穿地在看着我，但我并不在意。我像是自言自语般继续说道：

"解不开的谜团，可有的是呢。"

我看到脑海中的冰雨耸了耸肩。

回旋转盘W！ [1]

① 本章节名源自一九五四年希区柯克拍摄的经典电影《Dial M for Murder》，中文译名为《电话谋杀案》，日文译名为《回旋转盘 M》。

1（冰雨）

"我想请您帮忙打开保险箱。"

那个周日净发生一些古怪的事。我面对坐在沙发上认真恳求我的微胖小青年，愣了一小会儿。

"这个嘛，长崎先生。"

"我叫长野崎，长野崎仁志。"

"不好意思，长野崎先生……你这个情况，找个专业开锁匠，是不是更合适一些？"

"委托专业人士的话，他们可能会弄坏保险箱的门跟锁，这保险箱是我死去的爷爷的遗物，所以我想尽可能不伤到保险箱，用正常的方法打开它。"

"我想问的是，您为什么跑来侦探事务所？"

"总之听他说说呗！"倒理在我旁边搭话了，"听一下而已嘛。"

这位青年——长野崎仁志小口小口地抿着药子（我们这里的兼职女管家）端来的热气腾腾的咖啡，开始讲述前因后果。

长野崎的爷爷一直住在墨田区一栋独栋小楼里，在几天前，老人家去世了。这件事本身跟犯罪扯不上关系，但死者家属检查家里以后，在老人家的书房里，发现了带有两个转盘的大保险箱，还有一封遗书。

遗书是以防不测事先准备好的，上面写了几句遗言，还有"我把我收集的珍贵杂志放在保险箱里，想打开就打开吧"，后面写了保险箱的开锁密码——然而……

"我照爷爷写的密码转了转盘，可还是打不开。我试了无数次，怎么试都打不开锁……我还查了查紧急开锁的号码和重置密码的办法，但是保险箱比较老，这些方法也行不通。"

"查过型号没有？问问制造商，或许能知道怎么打开。"

"之前上面好像贴过写着序列号的封条，可是被揭掉了，找不到制造商。"

原来如此，也就是说一筹莫展了。

"我家里人说应该是锁生锈了，要不然就是爷爷把密码给写错了……不过我觉得，这是爷爷给我们的挑战书。"

"挑战书？"

突然冒出一个让人意想不到的词语，我不由得反问道。

"我爷爷虽然是个疯狂热爱旧杂志的偏执狂，但是人不糊涂，脑子特别好使。所以他肯定是这么想的：'等我死了，可不能就这么白白把保险箱里的东西给他们，我得在遗书上做点手脚，谁有本事解开我出的题，谁就能打开这个箱子。'也就是说……"

这个人是不是搞错了什么啊？疑问开始在我们心里萌芽，而长野崎仁志无视我们，以要从沙发上一跃而起的气势，激动地断言道：

"就是说，我爷爷一定是在遗书里留下了密码！"

"我爸爸死得很奇怪。"

上面那件事刚过去三十分钟，我们怀着难以置信的心情，听着坐在对面的中年女士讲话。这一天真是奇怪。我们这种小型侦探事务所,在一天之内居然会有两位委托人光临!

"那个,您在听吗?"

"啊,对不起,您说到哪儿了?您父亲死得很奇怪?"

"对,我无法接受。"

据她(一位眼睛略像狐狸,名叫岛津奈津子的女士)说,事情是这样的。

她爸爸住在市内,六天前被人发现死在自家旁边的小道上。从死者口袋里发现了装有taspo卡①的零钱包,由此推断,当时死者是想去家前方一百米远的自动贩卖机买香烟。推定死亡时间在深夜,死因是头部遭受重击而导致的脑挫伤。据说尸体附近的地上有块石头,石头上沾有血迹。

"要这么说,难道不是摔倒了,磕到头了吗?"

我刚刚表述完我的真心话,她就立马激动起来,喘着粗气说:

"警察也跟你说得一样,但是很奇怪,我爸爸死的时候还穿着平角短裤和汗衫,一身睡衣打扮,而且家里的门也没有锁,怎么可能穿着睡衣不锁门就跑到外面去啊?"

"就是去离家一百米远的地方买包香烟而已,这非常有可能吧?"

倒理厌烦地嘟囔道。但是奈津子女士并没有放弃。

"还有一个地方让我无法理解,据说事故现场那条小道上没有留下多少血迹。如果是磕到了头,应该大量出血才对,很奇怪吧?"

"那也分不同情况的。"自称"动机专家"的我也没办法囫

---

① 为防止未成年者吸烟而发行的卡,用于认证购买者是否为成人,在自动贩卖机买香烟的时候需要使用此卡才能买到香烟。

囫囵吞枣了，"要是因失血过多死亡还说得过去，死因是脑挫伤啊……"

"你们太过分了！"她立刻喊道，"我还以为你们这儿能帮我！"

"啊，我知道了，我知道了，对不起。"我一个劲儿地道歉，"那么，您要委托的就是查清您父亲的死亡真相吧？"

"嗯，我爸爸确实腿脚不好，拄着拐杖，但是人不糊涂，办事非常小心谨慎。我不觉得他会在家附近失足摔倒。所以我爸爸一定是……"

这个人是不是搞错了什么啊？疑问今天第二次在我们心里萌芽，而奈津子女士无视我们，用她那细长的、燃烧着怒火的眼睛盯着我们，断言道：

"我爸爸一定是被人杀掉的！"

"保险箱那边就推了吧。我感觉尸体这边更有意思一点。"

第二位委托人回去后，事务所回归一如既往的寂静（虽说总是这么寂静听起来也挺空虚的）之中。倒理把脚搭在桌子上，立刻开口说道：

"不能这样啊，两边我们已经都接下了。"

"可是你想想啊，遗书里怎么可能会有什么密码啊。"

"是吗？"药子收拾着喝剩下的咖啡，插了句嘴，"小说里面经常写到啊。"

"要是银行那种大保险箱也就算了，像这种家里用的保险箱，找个锁匠，花个几天就能打开了，就算设了密码也没用。遗书里要是补了一句'不准强行撬开'什么的也就算了，这次又不是那样……"

"啊,原来如此……"

"所以说,既然接下了,好歹就得调查一下。"我说,"按委托的顺序走,首先应该调查保险箱,然后是小道上的尸体。"

"真是的,就因为这样,我才讨厌你这照本宣科的小子……老头子的保险箱这种无聊的案子就别管啦,应该先查小道上的尸体。"

"谁是照本宣科的小子啊!你才是,能不能别根据有没有意思来选案子啊!"

"那个……能打扰一下吗?"

就在我们狠狠瞪着对方,战火一触即发的时候,药子弱弱地举起了手。

"这家事务所是你们一起开的吧?"

"对啊。"倒理回答。

"你们二位都是侦探吧?"

"这有什么问题吗?"我反问道。

"那,你们能同时处理两件案子吧?"

我们面对药子沉默了,思考着她话中的含义。过了整整三秒,我俩同时冲对方摆出了一副"真不走运"的臭脸。

这个周日净是怪事。就这样,我们决定兵分两路查案。

2（冰雨）

在平民住宅区的街道上可以很清楚地看到东京晴空塔。本以为自己已经习惯了它的存在，但还是不得不有些佩服它反常的高度，像是能贯穿十月的晴空一样。今天是周末，应该会有不少观光客会登上展望台吧。而我则正在赶往一位死者的故居——与这种闲暇时光相差甚远的地方。

"我们到了，您这边请。"

我往长野崎仁志示意的方向看去，前方坐落着一座独栋小楼，外部的装修已经剥落，露出了里面的木材。从旁边延伸出的小道来看，房屋还算位于街角地段[①]，但是建筑排列密集，采光相当不好。院子也相当于没有，门上挂着门牌，上面写着"川藤"……

当我看到这里的时候，一辆破旧的轻型车停在了房前，从车上下来一个晒黑了的大块头男子。我跟仁志对视了一下，同时"咦"了一声。

"仁志，你在这儿忙啥呢？"

"舅舅您呢？怎么到这边来了？"

被仁志称为舅舅的男人看着我们，闭口不语，投来了暧昧的

[①] 日本评价房子位置好坏的标准，位于街角地段的房子采光和通风都会比较好，相对而言土地价格也比周围土地要贵。

眼神——不是针对我,而是针对我旁边笑容甜美可爱,身穿女高中生制服的少女——药子。"反正我很闲,不如你们猜拳,哪边赢了,我就来代理哪边的搭档。"因为药子的这一提议,她就跟着我过来了。她的行动一向让人摸不着头脑。

"嗯……这些人是?"

"是侦探。"仁志说,"我想让他们帮我打开爷爷的保险箱。片无先生,这位是我舅舅晴雄,我妈妈的弟弟。"

"我是川藤晴雄,你好。"晴雄寒暄时也一直紧紧盯着我们,"没想到你会是侦探啊,那,这位戴眼镜的是您的助手吗?"

"不,我才是侦探,她是我的助手。"

我更正道,脸上的肌肉不受控制地哆嗦。没、没想到我跟女高中生站在一起都会被人错认为是助手,我有这么不起眼吗?!

"您是建设工地的工人吧?爱好是赌博,尤其喜欢赌马。"

"你、你怎么知道?"

"您耳朵下方到下巴的位置有一条很细的晒痕,这证明您是戴着有皮绳的安全帽工作的,汽车的挡风玻璃旁挂着京都藤森神社的护身符,那边据说求赌马很灵,不过太沉迷的话会毁掉自己哦。"

"谢、谢谢……"

好嘞,稍微捡回点自尊以后,我迈入了川藤家的地盘。仁志从花盆下面拿出钥匙,打开了门。

房子里面也十分狭窄,正面是楼梯,侧面走廊的墙面上突出来一根黑色的大柱子,格外显眼。三合土的窗边放着几把不同种类的拐杖,由此可看出,死者的收藏癖根深蒂固。

"我说仁志,请侦探是不是太夸张了?"晴雄一边脱鞋,一边小声抱怨道,"我是不怎么在乎那个保险箱啦,要是装了钱还好说，可是箱子里面都是一些旧书……"

"都说了，不是里面东西的问题……"

"嗯嗯，好好，随便你吧。我待在一楼。"

晴雄以一副随便你的态度结束了对话，去了旁边的茶室，我们则准备上楼。

"您家里人对保险箱都是这种态度？"

"嗯，但是我不一样。"

长野崎仁志用力地点了点头，尽管我也觉得他有点"太夸张了"，不过我并没说什么，继续跟在他身后上了楼。

爬完楼梯，左边是一条向前延伸的走廊，有三扇门并排着。在较靠近我们的门边墙壁上，可以看见从一楼连到二楼的黑色大柱子，但是仁志没往那边去，而是说了句"这里是书房"，便打开了正冲我们的这扇门。

"好、好乱啊。"药子毫不客气地感叹道。

仁志苦笑道：

"我爷爷生前从不让别人进他的书房，所以我一直很好奇里面到底是什么样子……第一次打开门的时候，我也吓了一跳。"

这个约四叠半的小房间几乎被旧杂志堆满了。原来如此，死者的收藏癖似乎相当严重。书架也早就满满当当了，《少年俱乐部》《问题小说》《POPEYE》《日本电影旬报》等旧杂志四散各处，堆积如山。跟旧书还不一样，这些旧杂志使我的鼻腔充斥着廉价印刷用纸的味道。

右侧有扇窗户，靠里有一张写字台，非常有常盘庄[①]的风格。写字台的侧面和墙壁之间夹着一个老旧的保险箱，比想象中

[①]因手冢治虫、藤子不二雄、赤冢不二夫等著名漫画家共同居住而闻名的木造公寓。

的还要大，还要正规。高将近一米，深度跟宽度大约六十多厘米。把手冲右侧突出，朴素得像是背包的提手一样，把手旁边是一上一下并列的两个转盘。我看向门的上方，颜色没有周围那么暗，留有一个清晰的小长方形的痕迹，看来序列号的封条原来就贴在这里。

"这就是你说的那个保险箱吗？"

"是的。遗书是在桌子抽屉里发现的。"

"能给我看看吗？"

"我复印了一份，请看。"

仁志恭恭敬敬递来一张纸，我们接过来，从头开始阅读上面的内容。不过死者的钢笔字实在是写得太"好"了，药子看不懂，只能由我来念。

内容极其平淡，平淡到想出于礼貌装一下震惊都不行。遗产根据法律分配，葬礼不必奢华，自己去世后，后人也不可干出有损家族颜面的事……在这一连串吩咐后面，最后写着关于保险箱的事。

又及：放在书房里的那些收藏品，我生前一直没让任何人碰过，在我死后我也没办法坚持了。如果有人想要就拿去吧，要是没人要，就卖掉吧。或许这样，对杂志来说也是一件幸事。还有，保险箱里面放了几本我特别珍爱的收藏品，有日语版的《Photoplay》创刊号等，全部加起来应该值个10万日元左右。这些杂志也随便你们处理，我把开锁密码写在这里。

①上层：向左转到零，然后右二十，左三十三，右九。

②下层：同样向左转到零，然后右十一，左二十五，右

十六。

川藤 荣太郎

"就这些吗?"药子问道。

"就这些。"仁志回答。

我蹲在保险箱前面。两个转盘长得一样,数字和刻度都呈放射状分布,数字从最下方的"0"开始,一直到"40"。

我首先对上面的转盘伸出了手,按照川藤荣太郎先生的指示,试着转了一遍号码。转盘看起来很旧,但转起来却非常顺畅,我先向左转到"0",然后向右转到"20",向左转到"33",再向右转到"9",对下面的转盘也如法炮制,依次转"11""25""16",最后我试着拉了拉把手——门并没有开。

以防万一,我又试了一次,打不开。我放慢旋转的速度,又试了一次,打不开。我又从下面的转盘开始,全神贯注地按顺序转了一次——没戏。

"确实打不开啊。"

"是吧,您什么看法?"

"我不明白,不过我开始对它有点兴趣了。"

转盘转起来很流畅,锁也不像是生了锈,而且遗书上完全没有错字漏字,所以死者也不太可能把这么关键的保险箱密码给写错了。然而,现实情况是——门还是紧紧关着。

无法理解。

"果然还是有别的密码吗?"

"不,就这么下决定太草率了。首先要思考其他的可能性……啊嚏!"

我的思路正要像往常一样开始运转,却被自己打出的一个气势恢宏的喷嚏给打断了。我仔细看了看周围,保险箱上倒没什么,但写字台和地板上积了很厚的一层灰,看样子荣太郎先生完全不注重打扫卫生啊。

"药子,能帮我开下窗户吗?"

从窗口流淌进来的清风减少了几分灰蒙蒙的感觉。我重新振作起来。

"首先,我们来讨论一下,除了密码还有没有其他可能性。我第一个能想到的就是,遗书有可能是伪造的。长野崎先生,这笔迹真的是荣太郎先生的吗?"

"当然了!我们全家都确认过了。"

"这样啊。"

本来我也没抱什么期待,就干脆接受了这个现实。排除遗书被调包的可能性,那从另一个角度想——有没有可能是保险箱被调包了呢?

"我记得您之前说过,荣太郎先生绝不让任何人进他的书房——对吧?"

"嗯,不管是谁过来,他都会把房门上锁……怎么了吗?"

"那么,您过去都不知道这个保险箱外形是什么样了?"

"您说外形吗?我只听说过'有一个很旧的大金库,上面安着两个转盘',还经常听家里人说,里面装着价值十万日元的书。"

"您还了解得真详细啊。"

我不情不愿地把这个假设也给排除了。如果这个保险箱不是荣太郎先生的,密码对不上也是理所当然——我之前是这么想的,但是家里人在一定程度上都了解这个保险箱的外形,要找一个带有两个转盘的又大又旧的保险箱可没那么容易。考虑到准备替代品所花去的时间，以及偷偷搬运这么大的保险箱所需要的劳动力，不得不说这个方案实在是不现实。

保险箱和遗书都没问题，这样一来，只能是转号的方式不对了。

"那，差不多该讨论密码了……你怎么看？"

我转过头，看到站在那边的药子时，才突然反应过来，对了，今天倒理不在啊。出于平日里的习惯，我下意识地就向倒理咨询意见了。

我自顾自地红了脸，而另一方面，药子则歪着头说道：

"要是有密码的话，一般都会注明一下'这是密码'吧？"

"说、说得也是。"我掩饰着尴尬回答道，"我跟你的看法一样。遗书内容太简洁明了，没有空子来出什么谜语。"

假设真设了密码，这谜语本身应该也很简单。既然遗书结尾写了"我把开锁密码写在这里"，那答案肯定隐藏在最后两句话中，只能这么解释。

①上层：向左转到零，然后右二十，左三十三，右九。
②下层：同样向左转到零，然后右十一，左二十五，右十六。

"这是汉语数字对吧？"

我再一次把遗书的复印件给铺平的时候，药子如此问道。

"难不成这个'右二十'不是指'往右顺时针转到数字二十'，而是指'往右顺时针转到数字二和数字十'？"

"这……"

药子的语气轻松散漫，好像在讨论校园文化祭时要开什么店似的，而我对这样的她一时无语。哇啊，现在的小女生脑筋真灵活。

"那，'左三十三'就是数字三、数字十、数字三，'右九'没变，还是数字九吗……"

或许值得一试。我再次把手伸向了两个转盘，开始一一对齐数字，然而……

"不行，打不开。"

"不行……啊，那'右二十'也许是'往右转两圈转到数字十'……"

确实，一般情况下，转盘式保险箱除了"旋转方向"和"对齐数字"以外，"旋转圈数"也是固定的。之前我太过武断，认为没有指定圈数的话，只转一圈就可以了。

"但是'右九'又怎么解决呢？"

"跟上一个数对齐，向右转九圈这样？"

"下层的'右十一'呢？"

"向右转十圈然后跟数字一对齐。"

"会有这种需要转这么多次转盘的保险箱吗……"

算了，姑且试试吧。我再一次面向转盘，咔嗒咔嗒地转着转盘，花时间把所有的号码都给对齐了。不出所料，结果还是一样。

"不行，果然还是打不开。"

"这样吗……啊，其实，遗书最后的'川藤荣太郎'也包含在开锁密码里？！保险箱上安着声音识别系统……"

"停、停一下药子，我来想。"

我站起身来，开始在书房里来回踱步，我推了推眼镜，集中精神。不知道哪家正在做午饭，窗外飘来奶油玉米汤的淡淡香气。虽然只有一瞬间，但这缕香气覆盖了旧纸的味道，把我拉回了冷静的思考之中。

如果我自己就是川藤荣太郎，想在遗书上留下密码的话，我会怎么办？我肯定不会出一些在纸上就能解决的难题，我或许会利用保险箱的特征，或是这间房子独有的特征。这个保险箱的特征是什么？最大的特点就是有两个转盘。转盘安排成上下各一个，"上层"和"下层"，要是在这间房子里的话——

"二楼和一楼。"

我停下了脚步说道。

"您说什么？"仁志问我。

"假设遗书上的编号各自表示除开锁号码以外的某些东西，用上和下、左和右，还有数字这三个要素能表现的东西……最可能的就是坐标。'上层'和'下层'分别对应二楼和一楼，上面的转盘如果是'转到零，然后右二十，左三十三，右九'，那么就以二楼的某处为起点，向右走二十米，向左走三十三米，再向右走九米……也就是说，计算后应该以二楼某处为起点向左走四米，在那个地方可能藏着什么新的线索。"

单位肯定是米，用分米太短，而且就步幅来说每个人的差距太大。一楼也同理，以零为起点，'右十一，左二十五，右十六'，合计起来要向右走两米，在这个地方没准会发现什么。比如说，写有真正开锁号码的纸条之类的。

"可、可是片无先生，要以哪里为起点呢？"

"原点的零，相对于 X 轴的 Y 轴——是柱子。我进来的时候看见过，这间房子里竖着一根大柱子是吧？"

"啊，是，我爷爷还经常提到这间房子里的那根大黑柱子呢。"

经常提到，就是说可能性越来越大了。

"我们试试吧。长野崎先生，麻烦你借我个卷尺什么的……"

"啊，我带着呢！"

"你怎么会随身带着卷尺啊！算了，过来吧！"

我跟药子一起走出书房，来到了二楼走廊，面对着墙壁上鼓出的大黑柱子。是该正对柱子往左呢，还是该背对柱子往左呢？不过我很快就想通了。背对柱子往左的话，走四米就走到房子外边去了，应该正对柱子往左走。

"药子，帮我按着尺子那头。"

就像倒理经常做的那样，我一步步拉着卷尺，量着距离。两米……三米……四米……就是这里。我站起身往左右看了看，没有线索吗？墙壁上的画，门的花纹，涂鸦，什么都行。就没有什么能成为线索的——

什么都没有。

"猜、猜错了吗……"

我耷拉着肩膀，像个泄了气的气球一样。我按下卷尺盒子上的按钮，嗖嗖嗖——卷尺发出利落的声音，卷回了原样。这个声音令我有一种被嘲笑的错觉。

"怎么了，片无先生？"

仁志从墙后探出头问我。我一边回应着"不行"，一边拖着脚回到了走廊。

然而，就在走到大黑柱子前时，我站住了。装饰在对面墙上的照片映入了我的眼帘。

是一张全家福。男男女女总共六个人，围着一个看似是荣太郎先生的秃头老人。老人的右边似乎是仁志和他的父母，还有之前刚碰过面的晴雄，家里都是瘦子，只有仁志和晴雄的体型看上去格外显眼。老人的左边则是看似夫妇的另一对男女。

"长野崎先生！"我发出了今天分贝最高的声音，"这，这张照片！"

"啊，那是我爷爷在喜寿那天拍的纪念照。"仁志也走到了走廊里，不紧不慢地说道，"最中间的是我爷爷，这边是晴雄舅舅，旁边站着的是我跟我父母，我妈叫亚希子……"

"这、这女人是……"

仁志还想继续介绍下去，而我抢先一步，指着站在左边，长着一对狐狸眼睛的女性。

"这个人是我爷爷的长女，奈津子姨妈，是我妈妈和晴雄舅舅的姐姐，因为她跟我妈一样都结婚了，所以现在不姓川藤，姓岛津。"

"岛、岛津奈津子……"

这名字我有印象，而且不久前刚刚听过，具体来说，是两个小时前刚听过。

怎么回事？怎么搞的？难道说……

"对、对了，我还没问您呢，荣太郎先生的死因是……"

"摔倒磕到头了，在这间房子旁边的小道上。"

仁志爽快地答道，而就在此时，一楼传来了晴雄的声音——"喂！站住！"同时传来的还有"咚咚咚"上楼的脚步声。

我转身看向楼梯，立刻明白了晴雄是要制止谁上楼。

"你们在这儿搞什么鬼？"

从楼梯处现身的是一个穿着高领毛衣的卷发男子——御殿场倒理。

3（倒理）

在平民住宅区的街道上可以很清楚地看到东京晴空塔。本以为自己已经习惯了它的存在，不过看到它这副趾高气扬贯穿十月晴空的样子，我还是有那么一点不爽。俗话说得好，白痴和啥玩意喜欢高处[①]。今天是周末，应该有不少白痴会登上展望台吧。而我为了查案，正在赶往一个更白痴的地方——案发现场。

岛津奈津子在电话里说的住处，坐落着一家破破烂烂的独栋小楼。门牌上写着"川藤"，一辆破旧的轻型车停在院子里，房子旁边藏着一条基本没怎么铺筑的小窄道，我刚往小道那边一走，就发现有个女人靠在围墙上。

是我们的女中豪杰，穿地决。她还是一如既往戴着眼镜，梳着偏分短发，但今天没穿西装，而是穿了一件应季的羊毛开衫，手里拿着一份薄薄的文件。

"哟，不好意思啊，让你特地跑一趟。"

"我本来今天休息来着。"

"这个用不着推理我也知道。"

"我还以为能在家里享受我久违十天的假期呢。"

"都说了不好意思嘛。来，这个就当我赔礼道歉了。"

[①]出自日本的谚语"白痴和烟喜欢高处"，讽刺人因一时得势而得意忘形。

再这么聊下去很有可能挨打,所以我献上了顺路买的十支混装包的美味棒。

"挑了个这么一般的东西啊,至少买个月岛的文字烧吧。"

女刑警一边小声抱怨着,一边拿了一根奶油玉米汤味道的美味棒开始嚼。作为交换,我得到了她手中的文件。穿地在警视厅工作,这份案件搜查记录是她跟警视厅的分管警局交涉后拿到的。

"我也看了一遍,不过没什么可疑的地方。你为什么要查这种案子?"

"应该说我是被迫查的。"

我苦笑着翻开了文件。

"姓名川藤荣太郎,年龄七十九岁。十月七日凌晨,他被附近居民发现倒在自家旁边的小道上……"

看来基本资料全部与委托人的描述一致。

翻页后,我发现文件上贴着几张现场照片,一个干瘦的老人刚好倒卧在我现在站的位置,身穿汗衫和平角短裤,脚上套着拖鞋,一副极为轻便的打扮。不知道他本来就长这副苦瓜脸,还是因为在痛苦中死去,两条眉毛拧着,看起来很不好打交道,秃头的侧面有伤。

尸体的右侧躺着一根拐杖,似乎是从手中丢出去的。木质的拐杖泛着光泽,把手的部分挂着一个皮革做的手环,拐杖底端包有防滑的黑色橡胶,旁边还有一块拳头大的石头,干涸的血迹牢牢地粘在上面。石头很普通,随处可见,但是换个比较扭曲的方式来看,其大小刚好能拿来当钝器。单就报告书来看,"从伤口的角度可以断定,死者是遭这块石头撞击头部而死亡的",但是——

"有没有可能不是他自己摔倒,而是被人拿石头打了呢?"

"被打了?就常理来说很难想象啊,不过伤口确实是常见的撕裂伤,位置也位于头部侧面,所以两种情况都有可能……"

"也就是说,好歹有这个可能呗。"

"毕竟只是好歹有可能,可能性并不高。"

"另外就是伤口出血较少的问题……"

"出血量没有多到不自然,最后我们判断死者为摔倒死亡。"

"如果死者在别的地方流了很多血,会怎么样?"

"你是想说死者是他杀吗?那你说是谁把尸体运到这儿来的?"

"并不是没有这个可能吧,被害者的家就在眼前。"

我抬头望着川藤荣太郎的独栋小楼。屋主不在,不知道二楼的窗户为何会开着。

"文件里也写了。"穿地追着我的目光也朝二楼看了过去,"警方好歹也把屋子里查了一遍,据说没有发现血迹等可疑迹象。局里的刑警都感叹那里的拐杖和杂志堆积如山,让人想要退避三舍。"

"毕竟是'好歹查了查',也有可能看漏了,东西多的话,就更有可能了。"

穿地被我挑了刺儿,咬着美味棒不吭声。我把目光移回到文件上。

"推定死亡时间是凌晨两点吗,那时候这附近有什么异常情况吗?"

"没有任何可疑的目击证词。要说有奇怪的事,也就是停了会儿水。"

"停水?"

"嗯，据说因为水务局的问题，凌晨一点到三点这段时间，这一带没有水。"

"这……"

应该跟案件有点关系。"你怎么看？"我正想向身后问，但转过身才发现没有任何人，我不禁红了脸。对了，今天冰雨不在。缺了那么个人，我有些不在状态。

为了掩饰尴尬，我一页页翻着文件，进一步观察案发现场的照片。

除了头部侧面以外，尸体没有其他外伤。衣服穿得也很整齐（本来就不是能穿得乱七八糟的衣服）。地面没有铺筑，所以小道上的土牢牢粘在拖鞋底部，比起右边鞋底，左边鞋底磨损得较厉害，应该是因为死者总把体重压在这一侧。那么不好使的应该是右脚了，拐杖也倒在右手边……嗯？

"拐杖太干净了。"

我嘟囔道，穿地一脸不可思议地看着照片。

"是吗？这拐杖他应该用了相当久了。根据死者家属的证词，在荣太郎的收藏品中，这根拐杖也是他特别钟爱的一根，荣太郎散步的时候，经常会带着……"

"我不是指那个，我是说拐杖底端，底端太干净了。"

"底端？"

我用手指指着照片，敲了敲拐杖底端包着防滑垫的部分，黑色橡胶做的防滑垫。

"荣太郎腿脚不好，走路肯定会挂着拐杖，他只有左边鞋底磨得很厉害，从这点上也能明显看出来。这条小道没有铺筑，所以路面上都是土，一旦走在上面，跟地面接触的部分一定会被弄脏……然而防滑垫的橡胶上完全没有沾到土。"

"也就是说……他不是自己走到小道上的?"

"有人把他搬了过来。现场状况是那人伪造的,那人记得在拖鞋内侧弄上土,却没考虑到拐杖的底端。"

美味棒的袋子在穿地的手里被捏了个稀碎。奶油玉米汤味的黄色粉末在空气中飘散开来,飞向了敞开的窗口。我看着那扇窗继续说道:

"如果是他杀,案发现场十有八九是这间房子。不过,凶手如果一开始就怀有明确的杀意,是不会选择拿路边的石头这么原始的东西来当凶器的,而会选更实用的东西。恐怕凶手是在闯进这栋房子之前,才突然想到可能会发生流血事件,所以就在紧挨着屋子的小道旁边捡了块石头,这么一来,凶手的目的是?"

"偷窃,或者是恐吓。"

"考虑到案发时间在深夜,偷窃的可能性比较大。这位老爷子家里有什么贵重物品吗?"

"谁知道呢……硬要说的话,书房里好像有个保险箱。"

"保险箱?"

"话虽这么说,也没什么了不起的。据说里面装的既不是一捆捆的钞票,也不是金块,只是一些贵重的旧杂志。"

"旧杂志……"

感觉像在哪儿听过。最近的老爷子好像兴趣爱好都差不多。

"这位老爷子跟邻居来往吗?"

"不来往,他性格固执,没邻居跟他来往。不过他儿子跟女儿女婿都住在附近,好像经常跟家人碰面。"

"这么说,知道这个保险箱的人也有限,再加上知道死者喜欢哪根拐杖,熟悉他哪边的腿不好……凶手是他家里的某个人。"

穿地看了一阵子川藤荣太郎倒下的地方,似乎在琢磨我即兴推理出来的内容，然后她抬起头，从腰间的口袋中取出了手机。

"我联络向岛局那边，这就开始搜查……"

"不用，还有更快的方法。"

我转过身，从没有铺筑的小道回到了混凝土路上。川藤荣太郎家二楼窗户开着，院子里也停着车，应该是死者家属过来整理遗物什么的。

踏入房屋用地范围后，我把玄关的推拉门拉开了一条缝，一个健壮男人的背影出现在我的眼前，这个男人好像正在往楼梯上面偷看，一条白色的晒痕从他的耳朵下方一直延伸到下巴的位置。

"喂，那边那个建筑工地的工人。"

我话音刚落，男人就短促地"噫"了一声，同时回过头来。

"啥……你们是什么人？"

"警察。"穿地回道，"我们希望就川藤荣太郎先生死亡一事，再搜查一遍。"

"警、警察？"

"行了，借过。"

"喂、喂！你们等等啊！这么突然搞什么啊……"

懒得跟他细说，我寻思打发走他，正想伸手推他一把——然而手才伸到一半就僵住了。我听到二楼传来了非常熟悉的声音。

"长野崎先生，这、这张照片！这、这女人是……"

平凡无奇的男声，但是正因为没有个性，才能明确他的身份。我看向穿地，她也一脸惊异。

我赶忙脱下鞋子去二楼。"喂！站住！"背后传来那个男人阻拦的声音，但我并没有在意。爬完楼梯，我顺着走廊延伸的方向走去。啊，不出所料。

"你们在这儿搞什么鬼？"

出现在我面前的是身着制服的药子，还有之前见过的委托人，以及打着藏青色领带，戴着眼镜的——我的搭档。

4（倒理）

"哈哈哈，哈哈哈哈哈哈……"

五分钟后，我跟冰雨交换完各自手里的线索，都不禁捧腹大笑。

"居然能想到坐标密码！不过这怎么可能啊，又不是《马斯格雷夫礼典》[①]。"

"我知道啊，就是不小心被药子带跑了。"

"哎？怪我喽？"

药子在一旁表示不满。她身后站着穿地、一身肌肉的建筑工地工人（名字好像叫晴雄），以及长野崎仁志三人，本就局促的书房显得更加狭窄了。

"没想到会跟奈津子姨妈委托到同一家侦探社……"

仁志摇着头说道。我很想回他一句"这话该我说吧"。

总之，两件案子连上了，围绕一个男人的死，死者家里的两个人分别来到了我们这儿。

冰雨轻轻叹了口气。

"看来你那边查得挺顺利的啊。"

"还行吧，顺利得过了头。"

[①] 英国作家阿瑟·柯南·道尔的一部短篇小说，收录于《福尔摩斯探案集：回忆录》中。

说真的,我羡慕冰雨。仔细听来,保险箱那边比这边有意思好几倍,而我当时却轻易断定这案子没有什么查的价值,是不是应该就此反省一下呢。

"那,根据你的推理。"冰雨看着仁志他们,压低了嗓音,"川藤荣太郎在这间屋子里被他家里的某个人给杀了?"

"嗯,如果凶手是冲着保险箱来的,老爷子最有可能是在这间书房里遇害的。"

"可是并没有发现血迹和打斗的痕迹。"

搭档环视了一下房间,说道。

"现在才要开始找呢。"我回应道。

我首先拉开眼前的椅子,看了看桌子底下,话虽这么说,必然没有什么新发现,桌子底下只有厚厚的灰尘。

"这房子的灰还真厚啊。"

"屋主不爱打扫吧,跟你似的。"

"我只会把屋子弄乱,不会弄脏。"

"这不值得骄傲好吗!"冰雨冷静地提醒我,随后把手搁在了保险箱上,"不过这房间灰确实挺厚的,我刚刚也被呛得打了个喷嚏……咦?"

"怎么了?"

"保险箱干净得过了头。"

冰雨看着指尖,学着我刚才的口气,嘀咕了一句。

"是吗?我觉得锈得挺厉害的啊。"

"不是那个,是上面。上面这部分完全没有积灰。"

我看着保险箱的上面。确实,跟桌子、地板上比起来,灰尘相当少。

"最近有人在保险箱上放过什么吗?啊,说不定凶手把上面放着的东西偷走了。"

我还以为冰雨会赞同我这个假设多么合理,但他一言不发,静静沉思着。过了一会儿,他拿出手机开始操作,我凑近一看,他好像在用谷歌搜索保险箱的图片,画面上罗列着大大小小、各种各样的铁箱。

"你要……"

为什么事到如今要查这种东西啊?我越来越困惑了。我和冰雨沉默不语,无意中,我听到了身旁四个人闲谈的内容。

"仁志,这是怎么回事啊,那个头发打转的也是侦探吗?"

"我也吓了一跳,不过舅舅,侦探肯定是越多越好。"

"不,不是这个问题……"

"药子,要美味棒不?"

"分给我吗?那,麻烦给我一个章鱼烧味的。"

"话说你还在他俩那儿打工呢?这事务所不知道哪天就会倒闭,我劝你赶紧辞职吧。"

"不是啦,我是喜欢才这么做的。"

"这话说得跟包养小白脸的烂女人似的……药子你记住了,如果他俩对你出手,马上告诉我,我会让他俩被判死刑的。"

"我俩才不会出手呢!"

就在我反驳穿地她们的时候。

"……了。"

冰雨又小声说了句什么。

"啊?"

"反了!"

冰雨大叫着冲向了保险箱,把手伸到保险箱和墙壁的空隙里,咬着牙,想把保险箱拖到自己跟前。

只看一眼，我就知道他在想些什么了。

看来冰雨自己搬不动，我也冲过去加了把劲儿。不行，还是太沉。我跟搭档看向对方，交换眼神以示同意。我们一起吸气：

"一、二！"

与此同时，双脚用力踩地，铁块终于动了。我们把保险箱从桌子和墙壁之间拖出来，翻转了九十度，又"一、二"地再翻转了九十度——总共翻转了一百八十度。

"啊！"

好几个人同时叫了出来。

保险箱被底朝上翻了过来，底部粘着红黑色的血迹。

然而这还没完，冰雨蹲在保险箱前面，嘴里一边念着"右二十、左三十三、右九、右十一、左二十五、右十六"，一边旋转转盘，轻轻转了一下把手，然后"啊"的惊叫声第二次响彻书房。

原本上着锁的门非常轻易地打开了，里面的二十来本旧杂志重见天日。

"啊，打开了……"仁志说。

"哎？哎？怎么回事？"药子不解，"密码解开了？"

"等等，先说血迹。"穿地打断了药子，"为什么箱底会有血？"

"这不是箱底……这面原本就朝上。"

冰雨转过身，朝着面色慌张的观众们更加冷静地开口。

"案发当晚，凶手想偷取保险箱里的东西，因此闯进了这间书房，但在撬开锁之前，就被荣太郎先生发现了，从而引发了争端。凶手无计可施，以防万一，就用事先捡的石头砸死了他。荣太郎先生瘫倒在这个保险箱上面……于是，表面全都沾上了血。"

"凶手应该非常慌张吧。"我说,"就算想沾湿抹布或毛巾来擦掉血迹也不可行,因为在案发时,这一带刚好赶上停水。"

"就算想在上面放点什么来掩饰,警察和家里人只要一收拾书房,就会马上露馅。所以凶手只好把保险箱翻转过来,借此隐藏血迹。转盘是圆形的,刻的数字也像伞连判①似的呈放射状,门把手也是简单的提手式,最重要的是,家里没人知道这个保险箱具体长什么样子。所以就算把箱子上下颠倒,也没人会注意到。"

"然而,同时也产生了一个副作用。"

"没错。号码和遗书上的开锁密码对不上。"

保险箱的转盘是上下各一个,然而凶手却把箱子上下颠倒了。冰雨和死者家属一直尝试把上面转盘的密码用在下面的转盘上,把下面转盘的密码用在上面的转盘上,所以是不可能打开保险箱的。

"保险箱打不开,并非因为密码或别的什么,原因很简单,只是保险箱上下颠倒了……我之前居然没注意到。"

冰雨自嘲般轻声笑了笑。

案件的一边解决了,还剩另一边。我站在冰雨身旁。

"那么,问题就是,做这种事的凶手是谁。能把案发现场伪装得天衣无缝,还知道有个保险箱的,只有死者的家属。保险箱里面一共装着相当于十万日元的旧杂志,十万日元确实是一笔不小的数目,但是也没有多到能平分的地步。"

"也就是说,凶手只有一个,是单独犯罪。"

"力量大到能一人翻转我们合二人之力才能搬动的保险箱,

---

①伞连判是一种署名文书,圆环形如伞状,故名。

还能把尸体运到屋子外面去的家伙……"

"但是荣太郎先生家庭成员里，包括男性，身体瘦弱无力的占多数。我们的委托人长野崎先生可能很有力气，不过如果他是凶手，就不会想打开保险箱了。"

"那么只剩下一名嫌疑人。"

"这个男人爱好赌博，也没多余的钱换掉自己那辆破旧的轻型车，他很需要钱，而且他是家庭成员里面唯一的单身汉，深夜要从家偷溜出来，也很简单……"

冰雨伸出了右手，我伸出了左手，指向了一脸恍惚的健壮男人——川藤晴雄。晴雄回过神来想逃，穿地立即抓住了他的胳膊。

"请你跟我到向岛警局走一趟。我劝你放弃抵抗，别看我是女的，我好歹也是个刑警。"

"呃……"

晴雄已经丧失了所有战意，穿地一拽他的胳膊，他就老老实实跟着出了屋。也许是没想到凶手就是自家人，仁志张大嘴巴看着这一切。只有在一旁偷吃美味棒的药子看上去格外悠闲。

我拨弄着卷发，靠在椅背上，像往常一样跟冰雨搭话。

"又搞定一桩案子嘛。"

"不，搞定了两桩。"

冰雨看着打开的保险箱说道，我也笑了。果然两个人一起干活才对味儿。

"不过真没想到，这个箱子居然会上下颠倒啊，你怎么注意到的？"

"首先引起我注意的是这个保险箱的上部没有积灰。如果几天前还挨着地板，必然不会脏。还有两个强化材料，第一个是封条。"

"封条？"

"就是写着序列号的封条。既然门上还清晰留有长方形的痕迹，就说明封条是最近才被揭下来的。那么，就有可能是某个人故意给揭下来的……为了不让别人看见封条的数字上下颠倒了。"

"这线索不充分啊。"

"但是，还有一处，让我确定了保险箱是上下颠倒的。"

冰雨把手机画面冲向我这边，跟刚才一样，手机屏幕上排列着好几张保险箱的图片。

"刚开始我就觉得有点不对劲。这个保险箱的把手安在门的右侧。也就是说，门是往左开的。但是我搜索了一下'保险箱'的图片，所有保险箱的把手都安在门的左侧。也就是说保险箱跟冰箱一样，大多数都是向右开的。"

冰雨难得地露出了坏笑。

"要是这个保险箱真的是向右开的呢？本来应该位于左边的把手跑到了右边……其原因除了保险箱上下颠倒了以外，哪还有第二个啊！"

廉价诡计[①]

① Cheap Trick，一支成立于二十世纪七十年代的美国摇滚乐队的名字。

1

十一月的某个周三。像是要一声吼醒懒散的下午般,起居室的电话刺耳地响起。药子出门买东西去了,倒理一直瘫倒在沙发上,没有起来的意思,我只好拿起了听筒。

"喂,你好。这里是敲响……"

"是我。"

是穿地。

"真难得你会打电话过来啊,有什么事?"

"我有件事想找你们帮忙。"

我不禁傻傻地"咦"了一声,这位女警部补和我们从学生时代起就有着孽缘,她会请我们帮忙,真是前所未闻,我有种不祥的预感。

"汤桥甚太郎这个男的你们知道吗?他是花轮研讨会的重要人物。"

"花轮研讨会……啊,那个泄露事件的。"

花轮研讨会因宣传语"花丸对极了"而广为人知,是一家大型函授教育公司。本来常年保持着其上市公司的地位,然而在大约一个月前,却发生了大规模的个人信息泄露事件,引发了媒体的高度关注。泄露的个人信息超过一千多万条,其中大多数都是客户——中小学生的信息。事态一发不可收拾。

"那次事件的责任目前算在了转卖信息的外包公司头上,但是警方怀疑花轮的管理人员为了贪图小利也参与了。这个人就是汤桥,之前他身上就有很多疑点,跟非法贩卖个人信息的业界人士拉关系也不是一回两回了,不管在企业这边,还是在业界这边,汤桥都曾是使得丑闻恶化的关键人物。"

"为什么用'曾'?他被杀人灭口了吗?"

"花丸对极了。"穿地冷冷地说道,"昨天晚上汤桥在自己家里遇害,中了一发窗外的狙击。我们还在搜查案件与信息泄露事件的联系,不过肯定是专业人士下的手。"

"挺像外国电视剧的啊。"

我适当予以回应,往一旁看去,倒理从沙发扶手上垂下头,看着这边,眼神里写着"怎么了"。我耸了耸肩来回应他。

"穿地,不是我自夸,我们做的是个人经营,专门解谜的小本侦探生意,不适合这种大规模案件。还是说,杀人手法上,有什么无法理解的疑点?"

"有无法理解的疑点,也有非常简单明了的地方。"非常绕弯儿的说法。

"总之跟我来一趟。"

"你这么说我也……"

"少废话,过来。"

穿地拿着这把名为命令的刀子刺了我一刀,然后连珠炮似的迅速说了一遍案件现场的地址,就挂了电话。我只能把耳朵从听筒上移开,然后愣愣地注视着听筒。

倒理从沙发上爬了起来。

"什么跟外国电视剧似的?"

"发生了一桩跟外国电视剧一样的案子。"

"小女孩从马背上摔下来,结果丧失了记忆啥的?"

"不是那什么《欢乐满屋》的大结局。"

我把手臂从西装上衣的袖子中穿过去,大概说了说情况。倒理听完后露出了认真的表情,一把抓住了自己的卷发。

"不知怎么的,我有种不祥的预感啊。"

我们两个人都是侦探,事务所也是共同经营的。因为各自擅长的推理领域不同,所以意见很少能达成一致。

反过来说,如果我们意见一致的话——比方说,两个人关于某一通电话同时有了"不祥的预感",那么这预感多半会应验。

2

汤桥家的豪宅位于世田谷的住宅街。西式风格的二层小楼，院子和建筑物都格外的大。两辆混合动力汽车神气十足地停在车库里。

我们通过对讲机告知对方来意，在听到一句"请稍等一下"后，一位类似用人的年轻女性迎了出来，吓了我们一跳。长裙加上围着的围裙，面容姣好却给人几分薄幸的印象。还有说着"这边请"把我们迎进屋的礼貌态度，让不知礼数的倒理也不禁低头行礼。走廊里有好几扇窗户，可是大白天的，每扇窗户都拉上了窗帘。

就在我们要被带到有楼梯的大厅时——

"近卫！你去哪儿了？近卫！"

从里屋传来一个女人歇斯底里的喊叫声。

"你磨磨蹭蹭什么呢！午饭还没准备好吗？"

"是，是夫人，马上就好……"

年轻用人有条不紊的举止一下子乱了套。

"警部补女士已经来了。"

丢下这句话，她就慌慌张张走了，我跟倒理感觉像迷失在十八世纪的英国一样，茫然地被留在了大厅。楼梯下面储物间的门稍稍开着，从门缝中可以看到吸尘器、胶带，还有备用的日光灯等日用品。我想，这应该是这间房子与现代日本的唯一一处共通点了。

"是女仆啊。"

"是女仆呀。"

倒理说道，我点头。

"跟在秋叶原打工的那帮不一样，是正经八百的女仆啊！"

"跟药子在文化祭上穿的那身不一样，是真真正正的女仆装呀。"

"这是自然文化遗产吧？"

"不管什么职业，总是有人在干的。"声音从楼梯上方传了过来，"就像侦探和杀手一样。"

我们抬头看向跃层楼式样的二楼，上面站着一位戴眼镜、梳偏分短发的女警部补。

"哟，穿地。"倒理向穿地挥了挥手，"看样子你心情不好啊。"

"跟你们碰面，心情总是这么糟。"

穿地从胸前口袋里拿出一个细长的小袋子，咬下了棒状软糖般紫色零食的一头。令人怀念的葡萄味"一大口软糖"[①]。

"案发现场在二楼。"

穿地轻轻抬了抬下巴，就回了走廊。看来说她心情不太好还真是一语中的了，我想。

算了，确实，我们的女中豪杰平常就一副冷血到生人勿近的样子，除了喜欢粗点心以外，一点都不招人喜欢，从来没看到过她心情好的样子……不过话说回来，感觉今天的她有些不镇定，

[①]指的是日本明治 chew gum 股份有限公司生产的名为"ガブリチュウ"的软糖。

不祥的预感变得越发强烈。

"啊，御殿场先生，片无先生！好久不见！"

我们上到二楼，一个鸭嘴青年从数扇门里的一扇中探出头来。他名叫小坪，是一名刑警，也是穿地的部下，不久之前我们才刚认识。我们寒暄着"哟""你好"，迈进了小坪所在的房间。

看来这是被害者生前一直使用的书房。房间呈长方形，左右很宽，前后将近三米，左右将近五米。地板上铺了一整张地毯，右侧是书桌和椅子，桌上并排摆放着笔记本电脑、笔筒以及台灯。左侧是一套小巧的客用沙发，还有一个高度直达天花板的大书架。角落里放着一张高约六十厘米的凳子，应该是拿书时用来垫脚的吧。房间很有商务人士风格，收拾得很干净。

正对着门，有一扇大窗户。大窗户的左右两侧各有一扇用于采光的小窗户。但是每扇窗户都跟一楼一样，被厚实的窗帘遮住，看不见外面的景色。天花板的中央有一个带灯罩的圆形吸顶灯，代替日光照亮室内。

在正对我们的窗边地板上，有一个用白色胶带贴出的人形。

"汤桥甚太郎昨晚八点出头回到家，洗完澡吃过晚饭后，就像平常一样，在这间房里继续做没能在公司完成的工作。"穿地正对着地上的胶带说道，"因为儿子们都独立了，在这房子里住着的只有汤桥和他妻子佳代子，再加上同住的一个叫作近卫的女用人。佳代子当时在起居室吩咐近卫泡茶。然而十点左右，二楼传来了'扑通'一声，像是人倒在地上的声音，所以佳代子就吩咐近卫去看看汤桥的情况……"

穿地递给我几张照片。

沿着胶带的轮廓，有一个胡子拉碴的男人仰面朝天倒在地上。男人身着家居服，中等身材，不胖不瘦，胸部中央开了一个小洞，洞里渗出红色的液体。其他照片记录下了周围的情况，没什么不对劲的地方。桌子上亮着台灯，电脑也开着，估计是工作中无意间离开了座位，然后中枪了吧。

我把目光移回现实中的书房，倒理蹲在地板上，用他口袋里常备的那套镊子，从白色胶带轮廓线的肩膀位置附近夹起了一个小小的，像是垃圾似的东西。

"你发现什么了？"

"没什么……一只飞虫的尸体。"

搭档泄气地说道，把飞虫放回了原处。地毯上没有血迹，也就是说，子弹留在了死者身体里。

"子弹命中了心脏，可以断定是当场死亡。"穿地继续说道，"使用的是小型的来复枪，对方还十分周到地安上了消音器呢。"

"是从哪里开枪的？"

我话音刚落，她就掀开了遮光窗帘。窗户是双开窗，每扇窗上竖着安了一根、横着安了两根木条当窗棂。放眼望去，院子收拾得干净利落，远处是混凝土砖墙，跟我们的视线平齐，还有一条单车道的路。

"在那边。"穿地指向了那条路，"晚上没什么行人，路灯也少，正合适狙击。大约三天前，还有人目击到路的尽头停着一辆陌生的车，而且子弹的入射角度是三十度，从那个地方向这边开枪的话，刚好能对上。"

"尸体中弹的角度啥的，真的靠谱吗？"倒理说，"你没看过埃勒里·奎因的'国名系列'吗？"

"很不巧，这里不是竞技表演的会场。"

穿地咚的一声敲了一下左侧窗户的玻璃，玻璃被窗棂分成六块，其中右下角的玻璃跟尸体一样，开了一个小洞，小洞离地板约有一米。接着她又把窗帘拉了回来，窗帘上有一个相同大小的弹痕，比玻璃上的小洞要稍稍靠上一些。

"玻璃和窗帘上开的洞，也是刚好位于从那条路到这个房间的三十度角的直线上。你还有什么可说的吗？"

"没，你继续。"

"从弹痕的位置和入射角度来推断，汤桥当时应该站在这个位置。"

穿地用她吃到一半的"一大口软糖"指了指我旁边——距窗户约半米的地方。确实，站在这儿冲着窗户的话，子弹恰好能穿过玻璃和窗帘命中心脏，跟尸体倒下的白色胶带的位置也很吻合。

凶手为了杀汤桥，一直在路边拿枪瞄着二楼的窗户，而一无所知的汤桥无意中走近了窗边，遭凶手射杀。凶手漂亮地完成任务，乘上逃跑用的车，得意扬扬地离开了现场。

原来如此，原来如此。我点着头，却发现事情有些蹊跷。

"等一下穿地，窗帘上留有弹痕，就是说，死者遭到枪击时窗帘是关着的？"

"按逻辑来说是这样。"穿地又咬了一口"一大口软糖"。

倒理则歪着脑袋问道：

"假设窗帘是关着的，外面就看不见目标了吧？"

"当然了，这么厚重的遮光窗帘，影子都显不出来，顶多也就能从缝里漏点光吧。"

"那……想用来复枪狙击，岂不是不可能了？"

"我也是这么想的。"穿地面无表情地点点头，"顺带一提，还有一个问题……"

"这、这不行的，不能进来啊！"

背后传来声音，我们回过头。

门的那边站着一位陌生的中年女人，身披红色毛毯，下颌骨很宽，眼神凶悍。小坪一脸尴尬地站在她身边。

"对、对不起穿地警部补，我不让夫人来，可她不听我的……"

"太太，你这就难为我们了，我们正在搜查这间屋子呢。"

"我来看看侦探长什么样子。"她凌厉地瞪着我们，"有两个人，哪位才是？不过是哪位都无关紧要了。"

甚至没给我们像往常一样回答"两位都是"的机会。

"难不成您是汤桥先生的太太？"

"我叫佳代子。"

佳代子径直闯进了房间，看上去一点都不为丈夫的死而难过，倒带着几分畏怯地站在我们旁边，眯起眼睛看着外面的道路。

"请你们查出我丈夫是怎么被人杀害的，都那么小心谨慎了还会中枪，真让人想不通。"

"嗯，这个一定……"等等，"刚才您说什么来着？小心？"

"哎呀，你不知道吗？我丈夫知道有人一直在盯着他。"

我竖起了耳朵。穿地没说出口的"另一个问题"恐怕就是这个。

"信息泄露事件一过，我丈夫就经常念叨'可能我也会出事'。我问他是不是怕被警察抓走，他说'被杀的可能性更大'。"

"但是因为他隐瞒的那些秘密的性质，所以没能报警。"

穿地插了句嘴，夫人的神情瞬间变得有些胆怯。

"我也劝他报警，可是他不听，还是自己想方法来保护自己：尽可能不外出，工作时就雇个保镖，把家里所有窗户的窗帘都拉上——别说拉开窗帘了，他甚至都不走近窗口。他就这么一直防备着被人狙击或袭击，足足防了一个月。"

"所以屋子里才拉着窗帘啊。"倒理说，"你先生是那么小心谨慎的人吗？"

"与其说小心谨慎，不如说他有点神经质。这个房间都是他自己整理跟打扫的。都雇了女仆了，让她来做不就好了嘛。"

佳代子愤愤地发着牢骚。啊，这声音我有印象，在一楼责备女仆的也是她呀。不过相对而言，我更在乎的是另一件事。

"太太，您丈夫说过'不接近窗边'吗？"

"这还用说吗，他怕人狙击他，不管有什么事，肯定不会靠近窗户一米范围以内。要是你认为我在说谎，你也可以问问近卫。"

"嗯……"

我茫然了，把目光再次移回到地板的白色胶带上。

被打中心脏，成了尸体倒在窗边的汤桥甚太郎。被害者站立处离窗口只有半米，但是他事先就开始防备狙击，不管发生什么事，都不会拉开窗帘，不仅如此，他甚至不会去接近窗户。

如果是这样，他为什么会在窗边中弹？

"动机无法理解。"

"手法无法实现。"

"你们俩都有份。"穿地总结了我们俩的意见，"太太，您差不多可以出去了吧？扰乱现场的工作让我们几个来就够了。"

"好，好……你们喝茶吗，我让近卫去泡？"

"不需要。"

佳代子一脸无趣地回了一楼。"不是你叫她来扰乱现场的吗？"倒理给了穿地一句。我没帮腔，仍然靠在墙壁上安静地想着。

无法理解的状况，加上无法实现的犯罪手法。感觉至今为止碰见过很多这种案子，但是总感觉又有些不同。不祥的预感在心里越积越多，渐渐成形。

　　"穿地。"我慎重地开口，"你在电话里说过，'有无法理解的疑点，也有非常简单明了的地方'，对吧？简单明了的地方我还没听你说呢。"

　　女中豪杰那冷冰冰的眼神一瞬间流露了人类的感情，是困惑的色彩。

　　"说实话，我已经知道这个诡计是谁安排的了。"

　　"哎？"

　　"小坪，把那个东西拿过来。"

　　她吩咐青年刑警。小坪"是，是"地应着，左脚绊右脚扑通一下摔倒了，再马上站起来跑向门那边。部下慌张成这样，警部补也没责骂，而是默默地继续嚼着糖果。

　　小坪很快就回来了，手中拿着一张对折的复印纸。

　　"没收的证据。这个是在凶手开枪的地方，也就是外墙上贴着的。"

　　小坪配合穿地的话，展开了纸。

　　是用毫无生气的文字处理机打印出来的横排英文。文章很押韵，就像是在讽刺因贪图小钱而犯下罪行，结果没法轻易出门的被害者一样。

> Clock strikes ten it's a Saturday night
> Got money in my pocket and it feels alright
> Not stayin' home gonna stay out late

"时钟在周六晚上十点敲响。口袋有钱,我心欢畅。今夜不回家,出去逛逛……"

啊。

我一下子想通了之前所有觉得奇怪的地方。主动打电话来的穿地,跟平常不一样的紧张气氛,还有这桩奇妙的案子。

这是 Cheap Trick 乐队演唱的《*Clock Strikes Ten*》的歌词。

是那个人喜欢的乐队演唱的,他喜爱的曲子的其中一首。他说他喜欢吉他奏出的那段放学铃的声音。在宿舍喝得烂醉的时候,还有课间闲着没事打发时间的时候,他总是喜欢哼这首歌。

事实上,我们不是头一次撞见这支乐队,之前我们也有幸见到了两三回。上次留下的歌词作为不在场证明很是棘手,是《*He's A Whore*》开头的几句歌词。再往前我记得是《*Dream Police*》。给自己一手策划的罪案添上歌词,这种爱好显得很老套,但他就是这种品味奇特的人。

我跟倒理凝视着歌词一动不动,在原地站了一会儿。穿地也没有插话。只有小坪一脸尴尬,左看右看。

"原来如此啊。"

不久,倒理摸着自己被高领毛衣盖住的脖子,说道:

"是美影呀。"

3

第二天，我们都没睡好。我忍着打哈欠的冲动泡着咖啡，倒理把吐司精彩地烤焦了。

"想到什么没？"

倒理没精打采地问我。

"华生表示没想到。"

"别光在这种时候装助手啊！"倒理指着自己的胸口，"你纽扣都扣错了。"

我低头看向衬衫，纽扣确实扣偏了。"谢啦。"我随便回了一句，单手重新扣好了纽扣。我们俩好像还没缓过神来。

昨天从汤桥家的豪宅回到事务所以后，我们也没放下手里的工作，不，应该说放下了，但是在各种讨论以后，又开始继续动脑子。讨论的主题当然是关于"汤桥甚太郎是怎么中枪的"。

倒理大致的主张是伪装狙击。也就是说，窗户和窗帘上的弹痕是假的，尸体是在别的地方中枪以后，再被移到了窗边。

"假弹痕怎么弄出来的？"

"想弄总有办法弄出来。"

就这样，我们讨论伪装技巧讨论到半夜，结果这个说法因为穿地打来的一通追加报告的电话而半路夭折了。从尸体体内取出的子弹上，检验出了极微量的玻璃和窗帘的纤维。这说明，汤桥的确是被窗户外的人狙击的,这是不可动摇的证据。

相对倒理,我的主张是,凶手使用了某种手段把汤桥诱到窗边。我认为,对方只要知道汤桥什么时候接近窗户,就能隔着窗帘完成狙击。这番假设也得到了倒理的肯定,然而他却故意刁难了我一句:"那你说,凶手用的什么手段?"我一下子就答不出来了。死者是一个持续防备狙击超过一个月的男人。不管是用小石子丢玻璃,还是在窗外叫唤,都不可能把死者诱到窗边。最后我俩也没讨论出个结果来,只好就这么在地板上睡着了。

"所以我才讨厌碰跟那家伙有关的案子。"

倒理一边往烤焦的吐司上涂着黄油,一边叹着气。

"穿地太敏感了,这案子也让人无法理解。"

"虽然无法理解,但是应该不复杂。美影总是采用很简单的手法。"

"就算不复杂,也无法理解啊。还是小女孩失忆那个更轻松点。"

"都说了跟《欢乐满屋》没关系了。"我也咬了一口吐司,好苦,"那个女孩是怎么恢复记忆的?"

"戏里面的那个小女孩是双胞胎,为了娱乐观众,两个人就一起演出了,小女孩在梦里见到了另一个自称是'记忆'的自己,醒过来以后就恢复了记忆。"倒理把胳膊肘支在桌子上,托着下巴说道,"小女生遇见'记忆'后说的第一句话很可爱,她说:'长久以来你都去哪儿了?我一直在找你呢。'"

"我一直在找你,吗……"

我喝着咖啡,把烤焦的面包冲进胃里。转过头看了看冰箱上贴着的日历。

今天是星期四。

"那么……"

倒理抓着睡得到处乱翘的卷发,站了起来。

"我再去那屋子一趟。估计又是徒劳无功,不过我想先调查几个可疑的地方。你呢?"

"我跟你分头行动。"

我盯着马克杯飘出的热气回答道。我的搭档一脸意外地挑了挑眉。

"你要去哪儿?"

"不去哪儿,我就在这附近溜达溜达……出个门没准儿能有点灵感。"

我这话一半是开玩笑,一半是认真的。

在中央线上摇晃了大约十五分钟以后,我在御茶之水站下了车。

我混在一群学生里,徒步走向神保町的方向。不知道是不是受上周举办的神田旧书祭的影响,今天旧书店街这边没什么人。旧书店是面朝北而建的,为的是不让阳光损坏书籍。许多旧书店在白天仿佛也弥漫着阴沉的气息。

一走进分叉的小路,便到了一家比其他书店更加阴郁的小店。外墙的油漆早已脱落,窗框也歪歪斜斜。招牌好歹还挂着,不过上面的字已经褪了色,看不出写的是什么。所以,我至今都不知道这家书店的名字。

走进店内,巨大的书架像是被硬塞进店里似的,而书架上又被强行塞满了旧书。书架上摆着的主要是推理和科幻作品,每本书都破烂泛黄。不过没想到的是,往里走,居然还有一角堆放着干净的带有腰封的书。这家店不光经营旧书,还出售一些新书。虽说这种店并不罕见,但像这样把新书的架子扔到里面的书店还真是少有。

我站在书架前,看着一本本平铺的书。说到书本阵容,还是以推理小说为主,有一些号称是热门作家的最新作品,我就随手取来,开始哗啦哗啦翻阅。店主不在收银台跟前,店里也只有我一个客人……目前为止。

距离我在这家店撞到他以来,大约有一年了。他一脸若无其事地跟我打招呼,我只好回以《欢乐满屋》里的女生般的台词。相对于震惊,我更多产生的是一种无力感。毕竟他有点洁癖,对旧书店并不感冒。不管是我、穿地还是倒理,都不可能推理得出,这家位于小路的旧书店深处会有一角新书,而我们那刻意隐藏行踪的朋友,居然会每周固定造访这里一次。

"这本书不怎么样啊。"

右边传来了声音。

"这个作者的话,我推荐这本。"

一本精装书闯入了我的视野。腰封上堆砌着"惊人的逆转"这种感觉看了上百万次的词句。从上学那会儿起,我跟他的品位就合不来。

"最近怎么样?"他问。

"还是老样子。"我接过书,"你那边工作看来挺顺的啊。"

"算不上顺。"

"你昨天不是才赚了一笔吗?"

"咦?你已经知道了?"

"是穿地负责的,她把我们叫到现场去了。*Clock Strikes Ten*,你挺有品位的嘛。"

"要是案子发生在周六就完美了,结果没这么顺利。"

"你自己特意贴的?还是让执行者去办的?"

"我哪能去现场啊,当然是后者喽。虽说他一脸的不情愿吧,但还是妥妥地给我贴上了。"

我斜过眼,看到他从书架里抽了一本书,像是在审视店内一样来回看了看。

"干哪行都是一个样儿,我这边现在也不景气,赚钱的都是大公司,像我们这种小个体户,没点特色是活不下去的。"

"那也犯不上用歌词吧。"

"你们事务所的名字不也差不多嘛。"

"那不是我起的。"

我把目光移回到书本上,皱起眉头。

旁边传来哗哗的翻书声,像是在打发时间似的。我也开始浏览他推荐给我的精装书,故事好像是以一个名为薰的少年的自述为线索的。

"这书,到头来主角该不会是个女的吧?"

"看来我不该给你推荐这本。"

我似乎猜中了,他又递给我另一本书,我接过书掀开封面,扉页上印着一张洋房的户型图。

"把西边这栋跟东边这栋接上?"

"你这人真没意思。"

他带着哭腔向我抱怨道。我合上书,轻轻放回书架上。店外传来车辆行驶在靖国街上的声音。

"总之,有件活儿还是挺好玩的。"他把话题扯了回来,"要怎么狙击一个绝不会靠近窗边的男人呢?"

"你是怎么成功狙击的?"

"又问这么没意思的问题。我说出来不就不好玩了吗?"

"我跟你和倒理不一样,我不关心好不好玩。"

"冰雨，你果真不像个侦探啊。"

"你还有脸说我？"

这次换我带着哭腔了。他苦笑般叹了口气，我耳边又传来翻动书页的声音。

"有一点你别误会了，这次人家委托我的案子，从犯罪手法和狙击手法上来说，是完全可能实现的。只要能把人杀掉，就算犯罪手法暴露也没什么关系。所以说，连我都没想到这案子到头来能难住你们，只能说好几处偶然叠加在一起了。"

"偶然？"

"首先一点，被害者当场死亡。第二点，子弹没有贯穿身体。这个吧，因为有窗户和窗帘挡着，从某种意义上来说也是必然的。第三点就是被害者摔倒的方式。"

"摔倒的方式……"

"其他还有几处，回头你跟你的搭档一起想吧。"

我一个字也没回他，他也就这么沉默了。

看来他没打算告诉我真相。怎么办才好呢？我倒是还有最强的武器——"把这家店告诉穿地和倒理"，这样一来我就可以威胁他，但是事情并没有这么简单。

我们四个人的关系就像是包里的耳机线一样，复杂地缠绕在一起。

这段沉默持续了三十秒，还是一分钟，或者更久一些？

"穿地还是老样子，想杀了你。"

我仿佛在用话语牵制他。

"你还是老样子，想被倒理杀掉。"

柔声细语，却抓住了我的痛处。没过一会儿，身边传来合上书本的声音。

我转过脸向右侧看去。

苗条的青年一如既往,身着平整的青色衬衫,纽扣规规矩矩地扣到最上面一个扣子,干净又清爽的打扮。长发几乎及肩,容貌更该用美丽而非帅气来形容。系切美影用他那对水汪汪的温柔双瞳望向我,微微笑了。这是从大学起就未曾改变过的美丽笑容。

那我走啦——他说着迈向了店门口。

"新年我要在东京都干一笔大点的买卖。有缘的话,就来一决雌雄吧。"

"大买卖……你要移动洋房还是?"

"哈哈,这种活儿我倒也不讨厌。"美影仅仅回头看了我一眼,很开心地补充道,"我会玩一些更容易的诡计的。"

"哟,回来啦。"

打开事务所大门的一瞬间,香辛料的香气撩拨着我的鼻腔,我看了一眼厨房,不知怎的,倒理系着围裙,贴在洗碗池的旁边。

"你做什么呢?"

"西班牙海鲜饭。"

相当讲究的菜品。倒理菜做得相当棒,但同时也是个怕麻烦的人,所以基本不进厨房。进一步说,什么时候他要是能帮忙做家务,那心情一定不错。

"在汤桥家豪宅那边有什么收获?"

"我以为会扑个空,没想到居然发现了件有意思的事。"

冰箱的计时器响起了提示音。倒理伸手关掉,然后继续说道:

"是小坪。"

"那个刑警怎么了？"

"那小子昨天从书房出来的时候不是滑倒了吗，摔得四仰八叉的，你还记得那时候有什么动静吗？"

"没，应该没多大动静吧。摔也是摔在地毯上。"

"对，那屋子里铺着厚厚的地毯，所以摔倒了也不会有什么声音。"

平底锅的盖子一掀，香气又浓了一层。

"那你说，汤桥遭到狙击那会儿，身在一楼的两个人怎么会听到'扑通'一声呢？"

"这……"

我推了推眼镜，却没能立马作答。倒理带着满足的表情，往蒸好的西班牙海鲜饭上撒椒盐。

"我还跟穿地合起来做了个实验，不过被那位太太拿眼神鄙视了，她那眼神好像在说'你们搞什么鬼啊'似的。只是摔了一下的话，一楼听不见也是正常的。"

"就是说……那位太太跟女仆撒了谎？"

"或者说，汤桥摔倒的方式并不一般。"

摔倒的方式——他也说了一样的话。第三点偶然是"被害者摔倒的方式"。

"这思路或许不错。"我在餐桌边的餐椅上坐下，"那，你怎么想的？"

"饿着肚子可想不出来。"

平底锅搁在了隔热垫上，金黄的米粒冒着阵阵热气，上面铺着虾仁、蛤蜊、灯笼椒丝。总之就是——吃完再想呗。

我们双手合十，开始打发这顿迟到的午饭。

"嗯，味道不错。"倒理说。

"你还自卖自夸啊。"虽说味道调得确实很棒,"还有什么新发现?"

"那位太太——是叫佳代子吧——我了解了一下她跟女仆的性格。佳代子一直自私任性,夫妻关系这几年也淡了,对女仆呼来喝去也不是一天两天的事儿了。那女仆是孤儿院长大的,在他家大约干了五年,要是被赶出去就无处可去了,所以一直忍着。"

怪不得她看上去那么悲苦啊……

"确实可怜,要是她被赶出去,咱们就雇了她吧?"

"算了吧,咱们家已经有一个烦人精了。"

"她可是自然文化遗产啊。"

"你想看人穿女仆装,让药子穿给你看不就完了。"

"她哪有那么容易就……"

感觉她会穿给我看的,就算开个玩笑说说……还是算了吧。

"那你这边呢?有什么发现没?"

"好像有,又好像没有……"

"到底有没有啊!"

我耸了耸肩,喝了一口杯中的大麦茶。西班牙海鲜饭的热度渐渐从喉咙中退去,我闭上眼,集中精神,想就这样潜入冰冷之中。美影的提示、昨天的调查、倒理的新发现,这一切在我脑海里形成了云层,如冬雨般倾盆而下。

当场死亡、子弹、摔倒的方式。感觉这三个提示有着共通之处。书房的情况、尸体的状态、小路、夜晚、窗户、紧闭的窗帘、弹痕、汤桥和家里的女人们、扑通一声,还有《Clock Strikes Ten》……

"啊!"

忽然间,云层的缝隙间洒下了阳光。

4

　　我们还是跟昨天下午一样,透过留有弹痕的窗户,俯视着外面的小路。斜阳照进书房,把窗边的白色胶带染成了橙色。

　　楼下传来电话门禁的响声,没过多久,一位身穿套装的女士跨进了房间。是穿地。今天她手里还是拿着一小袋"一大口软糖",不过从葡萄味变成了可乐味。

　　"知道手法了吗?"

　　刚关上门,穿地就冲我问道。看来她确实有点沉不住气了。

　　"总算知道了。你没带手下来吗?"

　　"我只是出于个人兴趣才过来的。这次就算知道了手法,跟逮捕凶手也没什么关系。"

　　"可是,或许有必要带那个女仆来一趟。"

　　"那女仆就是凶手?"

　　"不,她不是凶手,也不是共犯,只是有伪装现场的嫌疑。"

　　"嗯?"

　　穿地有多疑惑就不用说了,倒理还没听过我的推理,也是一脸茫然。看来这点应该放到后面再提。总之,我开始着手回顾事件的经过。

　　"信息泄露事件一发生,汤桥就意识到自己有可能会被盯上,于是他决定减少外出时间,把家里的窗帘都拉上,绝不靠近窗边半步。凶手花了好几个星期等待狙击的机会，但没想到，汤桥的防备工作做得天衣无缝。"

"然后美影就出现了？"倒理问道。

"恐怕是这样。美影接下了委托，开始调查汤桥周围的情况。因为这个房间过去曾被用作会客室，所以能查到书房内部布置的详细情况。由此，他想到了一个方法，这个方法非常简单，能够隔着窗帘狙击到绝不可能靠近窗边的对象。"

穿地咬着"一大口软糖"，无声地催促我说下去。

"起初让我觉得不可思议的是日期。《Clock Strikes Ten》的歌词是周六晚上，而案件是在周二发生的。反正要做，干脆都安排在同一天不就得了？凶手并没有这么做。为什么呢？因为凶手并不是主动行动的，而是一直静静等待着，等待目标自己移动到能被狙击到的位置。"

"你是说汤桥是自发靠近窗边的？"

"不，并不是。从结论来说，他一步都没靠近过窗边。"

"这样的话，怎么可能从小路狙击他呢？"

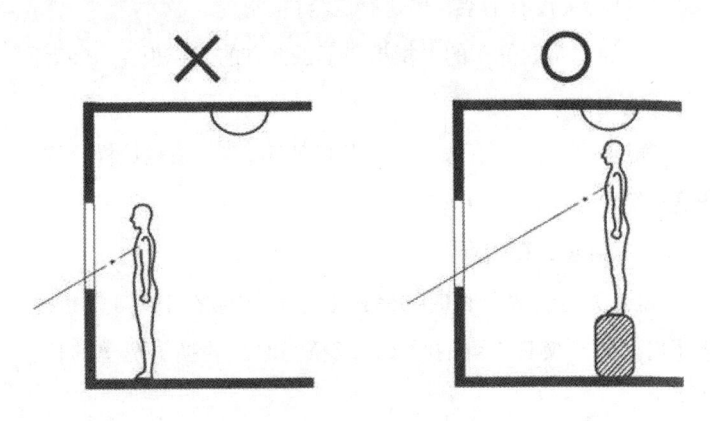

图 2

我没回答穿地指出的问题,而是走向了桌子。桌上还放着逝者的遗物,我撕下一张便笺,从笔筒里借用了一支圆珠笔。

"我们一直认定汤桥是在窗边遭到狙击的。从窗户和窗帘的弹痕来考虑,也只有站在窗边那里,子弹才能以三十度的角度击中心脏。然而,要是汤桥当时没有站在地上,就又是另外一回事了。"

然后我画了非常简单的两张图,给他们两人看。

穿地的反应是:"这怎么可能!"

我把便笺搁在桌上,离开了桌边,站在房间中央,指向放在角落的凳子。

"周二晚上十点左右,汤桥踩着那张凳子,站在距窗边还有一米远的这个位置——刚好就是书房的正中央。也就是说,他离窗户多远,身高就相应增高了多少。如果在这种情况下遭到狙击,子弹就会像图中所示般命中心脏。"

"道理是这个道理。"穿地说,"你真这么想的?在这种离墙壁、书架都很远的位置,被害者怎么会刚好站到凳子上……"

"房间中央没有书架,但是有这个。"

我用原本指着凳子的食指指向了正上方的天花板——装有圆形灯罩的电灯。

"啊!"倒理一下子发出了懊悔的叫声,"原来是这样,这手法确实简单。"

"什么意思,御殿场?"

"是日光灯。人什么时候会在电灯正下方踩到垫脚凳上呢?这还用问吗,换日光灯的时候。汤桥当时想要换书房里的日光灯。"

"日光灯?"

"你不是说过吗，书房的窗帘是'厚重的遮光窗帘，影子都显不出来，顶多也就能从缝里漏点光'。所以美影就凭这点儿漏出来的灯光制定了计划。"

倒理转头看向我，像是要验证自己所说的。我点头回应："接下来是我的推测。"我把话说在前头，接过了话茬。

"美影应该是去了汤桥家豪宅一次，从外面观察过书房，他看见窗口漏出的光忽亮忽暗。于是他想：电灯快坏了，估计用不了一星期，汤桥就会换日光灯。因为汤桥这个人很神经质，自己房间的东西不自己来弄就不放心，当然日光灯也会自己动手换。室内有一张用来取书的高脚凳，电灯位于房间正中央，换句话说，就是跟正中央的窗户呈一直线……"

"只要明白这些，即使隔着窗帘也能成功狙击。"

"等一下。"警部补进一步深究道，"外面不可能知道他什么时候换日光灯吧。"

"并不是不可能。"我解释道，"替换日光灯的时候，为了防止触电，大多数人都会把电灯开关关掉。这样一来，身边肯定也黑了，这就需要其他的光源，要说这间屋子里的光源……就是它了。"

我再次改变了手指的方向——书桌上的台灯。

"这个房间的灯分两种，包括室内灯和桌上的台灯。在日常生活中，很少会有人关了房间的大灯而只开台灯的，美影就是赌在这一点上。"

某天夜里，汤桥正在处理手头的工作，因为受不了电灯时亮时暗，就站起身，准备动手换灯。他从楼梯下面的储物间里拿出新的日光灯，开着桌上的台灯，关掉了大灯。这样一来，书房中的三扇窗户里，只有靠近书桌的右侧窗户透出了光。

凶手一直在小路尽头观察着汤桥家豪宅的情况，对他而言，"光的变化"正是信号。凶手马上开始行动，从车里出来走到窗下，把来复枪架在外墙上准备狙击。虽说窗户一直挂着窗帘，但窗户那头的人肯定是汤桥没错。对方的注意力全在电灯上，完全没有防备。凶手算好时机，扣下了扳机。枪声沉闷，子弹以三十度角笔直前进，贯穿了窗户和窗帘，到达刚换完日光灯的汤桥的心脏。

一般来说，案件应该就这么结束了。

"女仆却在其中做了手脚。她来查看书房的情况，一看到现场就明白了一切，然后她想到'夫人会骂我的'。"

佳代子和她丈夫不一样，主张什么都交给用人干，因此近卫很怕她。如果夫人知道了可怎么办？她可能会骂自己"都怪你没勤换日光灯"，把自己从家里赶出去。

"所以近卫在短时间内进行了伪装，好瞒下日光灯的事。她把房间里的灯打开，把凳子搬回原位，甚至把尸体拖到了窗边，然后把换下来的日光灯藏到自己的屋子里，或者藏到某个地方，再下到一楼去叫了夫人。"

我停了口。

穿地看似十分费力地嚼着可乐味的软糖，注视着天花板上的灯，没过多久，"咕咚"一声把糖咽了下去。

"推理的依据呢？"

"依据有两点，一是佳代子她们听到的'扑通'声，这间屋子的地毯铺得很厚，只是一般摔倒的话，不会有多大动静，也不会发出冲撞声。但汤桥要是踩着凳子，从高处摔到地板上，那就说得通了。另一点，尸体附近的地上落有飞虫的尸体。虫子在十一月是不会飞的，估计是汤桥摘掉灯罩的时候，虫子的尸体从灯罩内侧掉了下来，沾在了汤桥的肩膀上，之后汤桥的尸体被女仆搬到窗边，虫子的尸体就从他的肩膀掉到了地毯上。如果想要更明确的证据，可以按我刚才说的那样……"

"审问女仆，是吧？"

楼下隐约传来女人的吼叫声，佳代子对我们刚刚的对话还一无所知，她应该又在训斥近卫了吧。

穿地把粗点心的空袋子揣到口袋里，静静地下了楼。书房又只剩我和倒理两个人。斜阳愈斜，橙色愈浓。

"那女仆碰巧成了帮凶啊。"

倒理咕哝了这么一句。

"汤桥没怎么挣扎就当场死亡了，子弹也没贯穿身体，而且是仰面朝天倒下的，所以地毯上没有沾到血。"

"喔……所以她才能移动尸体啊。"

此外还有很多巧合，因为地毯很软，所以汤桥换下来的日光灯没有摔破，等等。美影想提示我的，应该也是这点。

倒理吹着《Clock Strikes Ten》的调调，沿着房间墙壁溜达着。激烈的高潮部分，以及由滑稽铃声组成的间奏部分。他走到书桌前，低头看着我方才画的图——美影用的诡计。

"唉。"

他叹了口气，神情中仿佛在怀念什么。

"我真是服了他了。"

女仆近卫承认了伪装现场的罪行，警方从她的房间里也搜出了证据——日光灯。不出所料，她害怕夫人知道，就一时糊涂搬动了尸体。她也很不容易，我就拜托穿地，放过了她。但是她想继续留在汤桥家恐怕是不可能了。站在保护自然文化遗产的立场，我不得不帮她安排工作。

穿地他们之后也查清了汤桥涉及信息泄露事件的证据，借刀杀人的是非法贩卖个人信息的业界人士，他们害怕警方采用地毯式的搜索，曝光其丑闻。

搜查由组织犯罪对策部门接手，虽然抓到了几名狙击嫌疑人，可还是没查到"廉价诡计"的始作俑者——系切美影的踪迹。他不会弄脏自己的手，仅仅着手制定计划，以及给予口头上的建议，因此警方一直抓不到他。就算抓到了，也不知道能不能给他定罪，麻烦之处就在于此。

我们的关系虽然复杂，但并非无法理解。

大学时期，我们四个人在同一个研讨小组。文学部社会学科，第十八期田川研讨组"观察与推理学"。每周，我们四个人都会围在桌边，就教授提出的诸多罪案进行讨论、学习，时不时偷个懒，毕业后就上了社会。

我们四个人里，有一个选择抓捕罪犯，两个选择揭发犯罪，剩下的一个则选择了制造罪案。

所谓的"雪地密室"

1

"原来如此,我明白了,这是自杀。"

"或者说是意外死亡。"

冰雨和我说道,神保剽吉叹了口气。好像冷场了,确实很冷,叹的气都是白色的。

"很遗憾,不是自杀也不是意外死亡,因为有人把指纹从菜刀把手上给抹掉了。"

"说得也是。"

冰雨紧了紧海军呢大衣的前襟,从我们旁边走远了几步。每迈一步,脚下都嘎吱嘎吱地清脆作响。

"那,死者应该是中刀后走到了这里,然后筋疲力尽了吧。"

"扎中的可是心脏呀!就算没有当场死亡,也不可能走到这儿啊!"

"说得也是。"

我回了一句跟搭档同样的台词,看了看四周。

我们现在站在一片空旷到莫名其妙的空地正中央,空地面积约有五十平方米,南边是一个小工厂,北边是一间极为常见的民宅,朝东边和西边望去,能看到两片树林。不,应该说看不见。建筑物的房顶、森林里的树木、平坦的地面,都被那白茫茫、冷冰冰的玩意儿覆盖了。

图3

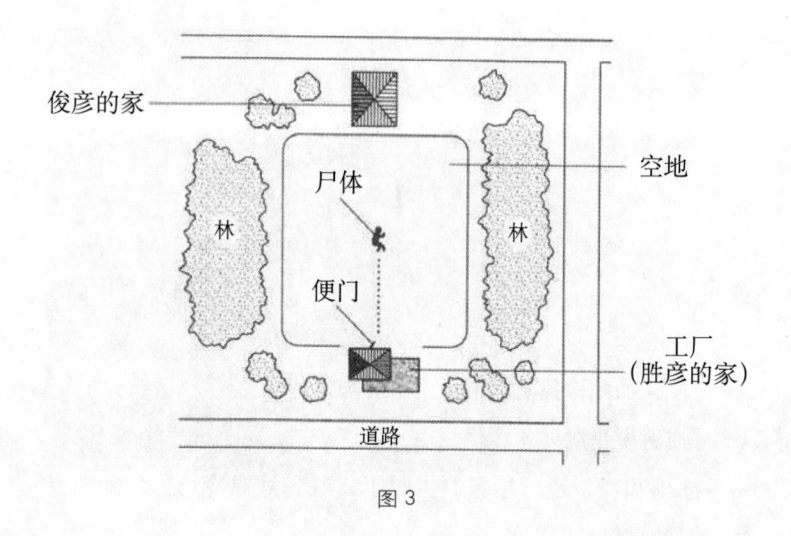

雪。

与关东的雪相比，这儿下的是别有一番风味的粉雪。积雪有三十厘米深，对十二月份的此地来说，量并不算大。据说雪从昨天早上开始，一直下到了昨天夜里十点。现在，数串脚印践踏在雪地上，实在算不上什么美丽的雪景，不过今天破晓时，还不是现在这副样子。

我再一次低头看向神保给的两张照片。

第一张照片，镜头囊括了从南边工厂二楼俯瞰空地时的光景，据说第一目击证人注意到了窗户那边的异常情况，然后用手机拍下了这张照片。照片里是一个男人，身着紫色衣服，倒在空地中央——就是我们现在站着的这片空地。照片的下方———串脚印由工厂的背面向男人延伸过去。除此之外，雪地上没有任何看似脚印的痕迹。

第二张，则是警方数分钟后到达现场时拍的照片，近距离拍下了倒在地上的尸体（现在已经被运走了）。死者是一个头发花白、高鼻梁、深眼窝的大叔，个子有点矮，身穿优衣库的羽绒服，头上戴着毛线帽，脚上穿着一双靴底磨损了的长靴，以胎儿般的姿势躺在地上。透过他手臂的缝隙，可以看到一个菜刀把手——菜刀已经插入他的胸前。不知是因为跟人争斗，还是倒下后挣扎过，只有男人身边的雪地表面支离破碎，鲜红的血浅浅洇湿了雪地，说像草莓刨冰又不合时宜，还是别这么形容了。男人的手掌也沾有血迹，指甲缝里面塞满了白雪。

"不是自杀，不是意外死亡，尸体也不会走路，那这家伙，就是在这里被人捅死的呗。"

我故意这么问道，中介"嗯嗯"点头。

"话说回来，没人知道是谁，又是怎么在这片空地正中央杀掉这个男人的，也就是说，这就是所谓的……"

"雪地密室！"

嘴角上扬。这正是我，"手法专家"御殿场倒理期待已久的绝妙场面！我摩擦着戴手套的双手，像是就要大快朵颐一般。

相对而言，"动机专家"的心情一下子跌落谷底，我听见他在我背后嘟囔着"我想泡温泉"。

事情发生在今天早上七点，我正在东中野的事务所兼住处啄食着麦片，同时抱怨着早上的星座运势，这时神保打来了电话。

这个男人干着份不明所以的工作——不知道从哪儿搜集来案件信息，再安排给合适的侦探，偶尔就会联络我们。

虽说不接这案子也无所谓，不过我们刚好闲得发慌（绝不是因为没人来委托而发愁，真的是碰巧有空而已），就往包里塞了衣服，买了新干线的车票和车站便当，花了足足三个小时，来到了岩手县的深山里。我们刚到达指定的住处，就看见了那个中介——一副年轻帅气的男模范儿，脸上带着骗子似的邪气笑容。

我们还没在旅馆里歇口气,就被领到了凶案现场。

被害者名叫茂吕田胜彦,六十二岁,是这片空地南边打磨厂的厂长。虽说是厂长,员工也就那么几个人,工厂也就是连着住宅的一个小作坊。被害者单身,无妻无子,跟两个寄宿在家里的年轻雇工紧巴巴地住在一起。

第一目击证人是寄宿人员中的一位,名叫与岛哲史。拂晓时,他在二楼自己的房间内醒来,拉开窗帘,一下子魂都被吓飞了——胜彦倒在空地的正中央。他可能看过类似的推理作品,或是想把照片传到推特上,于是拍下了证据照片,然后赶紧下到一楼,从厨房的便门走了过去,离近一看,胜彦已经死了好几个小时了。

哲史走过去时,只有一串脚印从便门延伸到胜彦身边。警方到达现场时,空地上多了一串哲史返回时的脚印,加起来总共只有三串脚印。

死因不出所料,是胸前的刀伤,没有其他外伤。拿来当凶器的菜刀是胜彦家厨房里刀具的其中一把。空气寒冷,无法判断准确的死亡时间,只能大致推断死者是在半夜十一点到午夜十二点间遇害的。

如果死者是在晚上十点雪停以后才遇害,现场肯定不可能只有一串脚印。

搜查才刚开始,但有一件事能肯定——现在不是泡什么鬼温泉的时候。

"话说,为什么专门叫我们过来?"冰雨问神保,"这附近也不是没有侦探吧。"

"反正我们看上去是最闲的,也就因为这个吧。"

"嗯,这个嘛,这也是一个原因。"

"你还真这么想的啊!"

"还有别的原因呢,你看,之前你给我介绍了个助手不是吗,我这是想还你人情呀。"

"啊,你说近卫吗?"

近卫原本是一名用人,上个月发生了一件狙击案,她在被害者家里干活。那件案子害得她失业了,让如此珍贵的正宗女仆流落街头怪可惜的,我就跟冰雨帮她重找了一份工作,这份工作就是当神保的助手。

"她还好吗?"

"她相当有能耐,帮了我不少忙。学东西快,泡的茶也好喝。"

让她在这么怪里怪气的男人手下做事,本来我们还有些不放心,既然她已经习惯了,那就再好不过了。可喜可贺,可喜可贺……等一下。

"冰雨,话题跑偏了。"

"我没打算让话题跑偏。"我的搭档推了推眼镜,把注意力转回到案件上来,"被害者为什么会在这种地方呢?被凶手叫出来的?"

"谁知道,乍一看,像是想去北边的房子似的。"

"空地北边的房子里,住着被害者的弟弟,一个叫茂吕田俊彦的男人。"兄弟二人关系并不算亲密无间,不过毕竟住得近,又是两兄弟,平日来往还是比较频繁的。

"这么说,死者也有可能是想去他弟弟家呗。"

"嗯。不过……"神保环视了一遍空地。"如果我是被害者的话,我会选择走外面那条道,不会直接从雪地里横穿过去的。"

"要是我我也这么干……"

在三十厘米厚的积雪上行走，本身就再费劲不过了，脚下稍微使点劲，就会一点点陷进雪里。就算是习惯走雪地的本地人，多半也不会为了抄个近路而走这种地方。

"那，我先回旅馆了，有什么情况麻烦联系我。"

中介把围巾扯到鼻子下面，离开了现场。看得出他已经冷得受不了了。

"咋办？"我看向搭档，这家伙也冷得牙关直打战。

"先找个地方暖和暖和，然后再继续怎么样？"

"真丢人，我们会被警方捷足先登的。"

"我怕冷嘛。"

"你都叫冰雨了，还怕什么冷啊。"

一阵快要把人冻僵的寒风吹过空地，我随之也改变了想法。

"好吧华生，就这么办，我们去打磨厂问问那两个员工，顺便用被炉取个暖。"

"这主意太棒了，简直不像是你这个福尔摩斯能想出来的。"

既然已经决定怎么办了，我们就立马动身前往工厂。休闲皮鞋深深陷在雪里，冷得不行，没走几步就要摔倒，我们俩应该带着长靴过来的。

"现在有什么想法没？"冰雨问我。

"这个嘛……首先，由积雪的厚度，以及雪刚刚才停来看，凶手不可能把足迹掩盖掉。那么，凶手就没有在雪地上行走，也就是说，凶手是在不靠近被害者的情况下作案的，这么考虑比较合理。"

"你的意思是凶手扔出凶器，命中了二十五米开外的人？你脑子没问题吧？"

"不一定是用扔的，有可能是用了什么飞行工具，好比遥控飞机啊，最近流行的无人机啥的。"

"现在真是方便啊。"

"在唐吉诃德① 都能买到犯罪工具。"

"你想说在唐吉诃德买钝器？"

"我这笑话好笑吧。"

"超好笑。"搭档报以一脸"真无聊"的表情，"不过，案发时间是午夜，空地上又没有路灯，想借助飞行工具用菜刀扎中人，也太难了吧。"

确实……

"这个……不过你想啊，网上也能买到夜视镜不是？"

我拼了命想扳回一局，这时却被雪拖了后腿，非常精彩地绊了一跤。雪花掉进了高领毛衣里。

---

①日本最大型的连锁便利店和折扣店。

2

茂吕田胜彦的工厂（兼住处）的起居室里果然有被炉，这使得我们逃过了被冻死的悲惨命运。

房间有六叠大，榻榻米上铺着褪了色的地毯。角落里放着一台显像管电视，装着地面数字电视机顶盒。一侧的推拉门通向打磨间，透过拉门可以看到里面摆着架子，架子上堆满了羽布（一种抛光材料），还有超大型打磨机。感觉里面浸染的金属味都要飘到这间屋子里来了，好在目前香烟的味道盖过了金属味。

一个年轻男人坐在被炉对面，一直在吞云吐雾。他长着一张小混混般的苦瓜脸，来回瞪着身穿西服套装的冰雨和身着黑色高领毛衣的我。这就是凶案的第一目击证人，与岛哲史。我们已经习惯了这种目光（主要拜警视厅一个叫穿地的女人所赐），所以也不怎么紧张，自顾自拿起桌上的南部仙贝咔吧咔吧地嚼着。或许是因为我们这么不客气，他才会瞪着我们吧。

"哎呀妈呀，吓俺一大跳，东京那旮瘩还真的有侦探呀。"

长着一张娃娃脸的小哥说话带着方言口音，给我们端来了茶水。

这位叫大友盛夫，是另一位寄宿在这儿的员工。

"仙台和盛冈也有侦探。"冰雨回道，"侦探最多的是京都。"

"俺都不知道，那，您这样的助手也老多了呗？"

"我也是侦探,事务所是我俩合开的。"

进行完老一套的对话后,哲史开了口:"所以呢,两位侦探有何贵干?"

"我们想了解茂吕田胜彦生前的情况。"

"老板不是那种会招人记恨的人。"盛夫立马回答道,"对俺们来说,老板就跟俺们的亲爹似的,把无依无靠的俺们捡回来,抚养长大……"

盛夫看向起居室的架子,架子上摆着一张胜彦的相片,看上去像是在滑雪场拍的。这位中年男人以滑雪场为背景,竖着两根皱巴巴的手指,老大不小了还摆了一个V字手势,让人不忍直视,既可怜又可爱。不过"生前的情况"指的并不是这个。

"我的意思是,昨天夜里,有没有发生过什么奇怪的事?"

"啊,这个……昨天俊彦先生来了俺们这儿。"

"俊彦?茂吕田俊彦吗,就是死者那个住在空地对面的弟弟?"

"嗯。"盛夫点头,"大概十点以后吧,雪停了过来的。来了就跟老板在这屋子里开始喝酒,俺们也陪着一起喝。"

"酒席大概什么情况?"

"有啤酒和日本酒,还上了点下酒小菜……啊,对对,俺最后一次瞅见那把菜刀就是那会儿,拿来切萨拉米来着,然后就搁洗碗机里了。"

"我不是这个意思……"感觉这人有点傻乎乎的,"我想知道你们谈话的内容。"

"啊,明白……"

不知道怎么了,盛夫有些犹豫,磨磨唧唧的,难道我问了什么不该问的?我看向哲史,他把烟头掐灭在了烟灰缸里。

"谈得不怎么愉快。"

口音关系,我把"不怎么愉快"听成了"不咋么愉快"。我们花了点时间才打听出下面这些情况。

胜彦和俊彦确实有不少往来,但最近兄弟关系搞得非常不好,俊彦一直在没完没了地劝他哥,让他别再紧巴巴地经营这家小破工厂,改行去做别的生意。昨天在酒席上也谈到这个话题,或许是酒劲儿上来了,争吵愈演愈烈,甚至差点闹到要动手的地步。两个总是帮着胜彦老板的员工也赶紧把两个人拉开,酒席这么不欢而散。

"吵得很厉害是吗,具体吵什么?"

"就是对骂。俊彦先生对老板说'我要杀了你'。"

"喂,小哲……"盛夫小声责备哲史,不过已经晚了。

"这可真是爆炸性的言论啊,酒席几点结束的?"

"大约十一点半吧。俊彦先生在那之后就马上回去了,老板还在骂骂咧咧的,不过也回自个儿屋里去了。俺们累得够呛,喝得有点迷瞪,也就上二楼洗洗睡了。"

"这么说,你们并不知道之后老板发生了什么事?"

两名员工同时点头。

冰雨继续问道:

"预计死亡时间是在深夜十一点到十二点间,如果十一点半胜彦还活着的话,他就是在十一点半到十二点这三十分钟内遇害的。俊彦走了以后,还有人来过这间房子吗?"

"没有。"哲史又点上了一根烟,"警察查了查俺们屋子周围的雪,说是除了便门,前院只有俊彦先生往返的脚印,所以没有谁进来过。"

我细细嚼着口中的仙贝,跟冰雨交换了一下眼神。

案子发生前，唯一来过被害者家里的人是对亲哥哥说出"我要杀了你"这种话的血亲。被害者倒下的地方，正是自己家和这个男人家的中点。这么一来，怎么想都是——

嘎啦啦啦，门外传来了刺耳的声音，有人打开了大门。

盛夫出了起居室，很快就跟一个男人一起回来了。

除了白头发和皱纹比较少以外，男人跟死掉的胜彦简直是一个模子刻出来的，不用他做自我介绍，我们也看得出来他就是茂吕田俊彦。男人用怀疑的眼神注视着我们。

"我是来商量葬礼事宜的……他们是什么人？"

"说是东京来的侦探。"

"侦探？真的假的？看起来很不对劲呀。"

"真巧啊。我们方才也开始觉得您不对劲了。"我反击道，"听说昨天您跟被害者宣称'我要杀了你'来着，茂吕田俊彦先生？"

"我是说了狠话，不过这是吵架常有的事吧？胜彦也回了我一样的话，就因为这点小事怀疑我，我可受不了啊。"

胜彦用的是标准语，可语调中还是透着点口音。

"再说了，没发现有人接近过我哥的尸体吧？他肯定用了什么古怪的自杀手法，不可能是他杀啊。"

"或许是你为了脱罪用的诡计呢。"

俊彦不说话了，脸色越发难看。冰雨为了缓和气氛，问了句"您有什么不在场证明吗"，然而适得其反，对方并没有不在场证明。

"之后我回到家，刷完牙就睡了。我也是单身嘛，所以没有证明，不过我也没有什么竹蜻蜓呀，任意门啥的。"

我想回他一句还有任意窗呢，但想到再较劲下去，查案就更麻烦了，于是放弃了。俊彦一步步迈进起居室，看样子要将我们这些可疑的闲杂人员逐出门外。

我们老实站起来，冰雨趁穿大衣的工夫，又对俊彦说了一句。
"俊彦先生，方便问您一句吗，您昨天晚上十点到十一点半是在这间房里喝酒吧？"
"嗯。"
"您一直在起居室吗，连厕所都没去过？"
"是啊。"
对方一脸"有什么问题吗"的表情。冰雨问了哲史和盛夫相同的问题，证实了俊彦的说辞，说了句"打扰了"，就离开了起居室。从玄关出来时，推拉门再次发出了呻吟声。

外面的气温比刚刚还要低，地面一片雪白，天空也白茫茫的，看来又要下雪。也许更应该在事务所里偷懒的。我边想着，边往旅馆赶。

"总之，一号嫌疑人是茂吕田俊彦，对吧？"我征求冰雨的意见，"动机充分，而且没有不在场证明，剩下的就是犯罪手法了。"

最可疑的家伙就是凶手，真相太简单乏味了。不过就这种案子来说，也是常有的套路。再说了，如果凶手不在怀疑范围内，就没必要编排这种不可能的状况了。

然而，冰雨用否定的态度回了我一句："这可不好说。"
"我觉得不是俊彦，凶手大概是那两个员工里的一个。"
"为什么？"
"那把菜刀。"

我听到这句话,停下了脚步,感觉后背吃了一记雪球。

"确实,雪是十点停的,而且,盛夫最后用菜刀是在十点以后,从房子周围的足迹来看,十点以后只有俊彦来过房子里。"

"然而他从进到出,一次也没靠近过厨房,也就是说……"

冰雨脸上露出一丝笑容,转头看向身后的工厂。

"能把菜刀拿出去的,只有房子里的人。"

3

"啊呼……"

把腿脚泡进热水的一刹那,我像老头子似的深深吁了口气,同时叹了句"真暖和"。

本来并没对这个荒凉的小旅馆抱多大期待,但这儿的温泉还真像模像样。浴池弥漫着扁柏香气,还有流动温泉。不太清楚功效如何,反正是温泉,对身体总没什么坏处。窗外的群山披上了洁白的雪裙,让人突然想来一杯日本酒。算了,反正是被人软磨硬泡过来的,再怎么说工作还没干完呢。

我把肩膀以下的部分泡进水里,重新整理了一下雪地密室案的已知事项。是谁用什么手法杀了茂吕田胜彦呢?就凶器而言,确实应该把俊彦排除在嫌疑人的名单之外。假设,哲史和盛夫中有一个是凶手,或者说两人是共犯……

"不烫吗?"

冰雨下到浴池里,在我旁边坐下,头上顶着一块对折了两次的毛巾。顺便一提,我的毛巾跟围巾似的,围在了脖子上。

"你不是怕冷吗,这不正好?"

"我也怕热啊。"

"废物。"

"你还有脸说我。"

冰雨穿衣显瘦，身材却挺结实。应该是事务所开业那会儿一时兴起，去健身房锻炼出来的。相比之下，我不管穿不穿衣服都挺瘦的，不过我不在乎，侦探是靠脑子干活儿的。

"这或许是个不为人知的好温泉啊。"我用手往肩膀上泼了泼热水，"人少，风景也好。"

"可惜我看不清，我没戴眼镜。"

"怪不得你这么没存在感。"

"我原本就没什么存在感。"冰雨开始自暴自弃了，"风景是什么样的？"

"这个嘛，怎么说呢……群山，眼前有森林，雪积在上面，全是白色的。还有，往下还能看见女浴池。"我也很不爽自己这贫乏的词汇量，所以又在最后补了一句。

"喔，是吗？"冰雨一笑了之。

"我说真的，正好有一堆小女生进来，跟团来的，可能是来参加大学组织的滑雪旅行，真养眼啊！"

"那你就一直看着吧。"

"我会的。"

"……"

"……"

"……"

我盯着玻璃外边一动不动，等了十秒，冰雨也眯着眼睛看向了同一个方向。当然了，那边除了煞风景的山，什么都没有。这家伙真单纯。

"你是不是也该配副眼镜了？"

"得了吧你，我不想跟你一个形象。"

冰雨叹了口气，一副"受够你了"的样子，把湿头发拢到脑后,我也做了一样的动作。冰雨完美地得到了大背头发型,而我的卷发却没这么听话。

"毛巾的叠法也是树立形象的其中一环?"

隔了一会儿,冰雨这么问道。我随口应了句"嗯"。

"这里除了我们好像就没别人了。"

"嗯,被我们包场了。"

"解开呗?"

"解什么?"

"毛巾。"

"得了吧你。"

我咕哝了一句,靠在了浴池上。冰雨耸了耸肩,泡到光露出个脑袋。只剩下徐徐上升的热气和温泉流淌的水声,盈满了整个大浴场。

我把手搭在围脖子的毛巾上,搁了好一会儿,就像怕被人扯下来似的。没什么好执着的,也没什么好在意的,只是现在不想解下来而已。我看向乳白色的水面,或许水真的有点烫。

"脚印的诡计,你明白没?"

冰雨转移了话题。

"你好歹也自己想想啊!"

"手法方面是你的专长。"

好好,是是。

"如果真正的凶案现场不是在空地的正中央,而是在房子里呢?"

"你是说,被害者中刀以后还能走到那儿?这点一开始不就否定了吗?"

"不不,我是说凶手把尸体背到了空地。这样脚印的数量就对上了。"

"等等。"冰雨皱了皱眉,"这个诡计挺有名的,不过这次情况不同,哲史的照片里只拍下了一串脚印,现场无处藏身,就算凶手背着尸体走到了空地的正中央,后来又是怎么消失的呢?"

"你怎么能肯定,哲史照片里拍下的尸体就是死者本人呢?"

听到这句话的瞬间,冰雨露出了我刚才的表情——后背吃了一记雪球。

"案情还原是这样的。首先,哲史和盛夫两个人在夜里杀了胜彦,第二天,盛夫穿着跟胜彦一样的衣服从便门出去,走到空地的正中央,然后装成尸体躺下,这时,雪地上就留下了第一串脚印。"

"这种情况下,在二楼拍下照片的话,看上去就像尸体倒在雪地里……"

没错。那张照片是从远处拍下的,我们输就输在看了照片以后,认定地上躺着的那个就是尸体。

"哲史拍下照片后,扛着真正的尸体去盛夫那儿,把尸体放在地上替代盛夫,这回再背着盛夫返回便门。"这样一来脚印会如何呢?盛夫去的脚印——一串,再加上哲史来回的脚印——两串,警方过来的时候,雪地上总共有三串脚印。

雪地上完美地只留下了尸体。

冰雨沉思了一会儿,略微歪了歪头——角度还不至于让毛巾掉下来。

"有三处疑点。"

"放马过来。"

"第一点，空地正中央的雪地上沾有血迹。如果凶案现场是在屋子里，剩下的该怎么解释？"

"你说这个啊。"意料之中，"把血存在塑料瓶之类的容器里，在摆尸体以前洒上去呗。"

"那，第二点，无论生死，扛着成年人在雪地上来回走的话，相比一个人的体重来说，脚印会更深一些，但是就警方搜查结果来看，脚印并没有可疑之处。"

"积雪有三十厘米深，只要变换一下重心的位置，脚印深度就会出现很大的偏差。我们走在上面那会儿不也一样嘛，如果凶手经常走雪地，就有可能蒙混过关。"

"我好难受啊，倒理。"

"是吗？你泡晕了吧？起来吗？"

"等我数到一百。"冰雨始终维持着冷静，"第三点，按你的说法，那两个员工是共犯，对吧？"

"嗯。"

"如果这样，凶手怎么会傻到老实交代，说最后看到菜刀是在昨天雪停了以后？这简直就是在自寻死路。如果我是凶手，肯定会两个人私下对好台词，撒个像模像样的谎，比如前几天弄丢了之类的。"

这在我的意料之外。确实，凶手要是老实交代了这点，就相当于在说只有我们俩接触过凶器，等同于承认"我们俩就是凶手"。

"不过这也没什么稀奇的吧，盛夫可能说错话了，或者是故意说的实话，让我们觉得他们俩不可能是凶手……啊，喂！"

"我还是不能接受。"

话才说到一半，冰雨就起身去了更衣室，他的后背被热水泡得红通通的，没办法，我也出了浴池。

"那我要请片无'师尊'赐教了，还有其他可能性吗？"

"师尊"把手叉在赤裸的腰上，又陷入了沉思，然后干脆地来了句"没有"。我一个不留神，差点滑倒在浴场的瓷砖上。

"不过，我感觉看漏了什么根本的，非常理所当然的东西，虽说还搞不清楚是什么。"

"因为你没戴眼镜吧。"

"也许吧。"

冰雨回了我一个苦笑，打开了更衣室的门，然而——

"倒理！"

就在门要关不关的时候，冰雨突然喊了我的名字。还没等我回话，冰雨就转身跑向了我，抓住了我的肩膀。他那毫无个性的形象中，唯一有存在感的炯炯有神的双眼正闪烁着光辉。

"咋、咋了啊？"

"你想带什么礼物回去？先考虑一下吧。"

"礼物？"

"嗯，我们明天早上应该就能回去了。"

肩膀被摇来晃去，我的脸颊淌过一丝冷汗。

不知道冰雨发现了什么，看来我被"动机专家"捷足先登了。

4

包子、仙贝、红薯干、咸菜、干果、明信片、猫头鹰摆件，还有包子……旅馆的礼物柜台里的阵容并没有丰富到使人眼花缭乱，没有一个让我想专程买回去的。

"有什么推荐的没？"

负责收银的女生像是初中生，感觉是老板娘的闺女，我就跟她搭了句话。少女以一副服务精神为零的态度，指着墙上挂着的雄鹿头标本。

"挺酷的嘛，这多少钱？"

"十五万日元。"

"……"

我点了两三下头，默默离开了礼物柜台。穿过大厅，回到休息室——里面放着一张蒙着灰尘的沙发。

人都齐了。

坐在沙发上的有哲史和盛夫二人组，再加上茂吕田俊彦，总共三个人。哲史和俊彦还是拉着脸，盛夫眼神游移不定。中介坐在旁边的安乐椅上，坏笑着，一脸的法官相。冰雨站在这帮人的对面，按照惯例他应该穿西服套装，这次却规规矩矩地穿着印有旅馆名字的浴袍，怎么看都像宴会的主管。

我找了张空椅子坐下，冰雨遵照礼节，以一句"接下来"起了话头。

"晚餐时间请各位专程跑一趟,真对不起,我有些话想问各位,因为我们掌握了胜彦先生的死亡真相。"

"不会吧,你不会想说……凶手就在我们当中吧?"

"很遗憾,俊彦先生,案情并没有那么戏剧化。就结论而言,胜彦先生的死是一场意外。"

相较坐在沙发上的三个人而言,我跟神保要震惊得多。

"你说意外?!"

"对,事情很简单,胜彦先生拿着菜刀,一个人从便门去了空地,然而走到一半脚陷在雪里,一下摔倒了。在单手握着菜刀的情况下摔倒,这时候就算菜刀插进胸口,也没什么好奇怪的。"

"不,这很奇怪啊!"

我承认摔倒的概率很大,我也在雪地上绊倒过,胜彦那双长靴的橡胶底已经磨损了,应该很容易滑倒,然而……

"你忘了吗,菜刀上可没有指纹啊!再说了,被害者为什么要拿着菜刀去空地啊?!"

所有人一起看向被害者的弟弟。

"准确地说,光是因为一时冲动拿着菜刀出门,是不会怀有明确的杀意……各位还记得吧,胜彦先生昨天晚上因为工厂经营的问题,跟俊彦先生大吵了一架,甚至吵到互骂'我要杀了你'的地步。俊彦先生回去以后,胜彦先生也还没消气,就打算去自己弟弟家,拿菜刀指着俊彦先生威胁他。胜彦先生在家里闷了一会儿,就去了厨房,从洗碗机里拔出菜刀,从便门出去,直奔俊彦先生的家。"

"为什么不是从玄关,而是从便门出去?"神保问道。

"玄关的门不方便开关,一有动静就会被二楼的哲史他们发现，或许又会被拉住，所以胜彦先生走了便门，从便门出去，正面马上就是俊彦先生的家。他本来就喝多了，再加上一时冲动，就算路很难走，也会想直接穿过去。"

怀有杀意，把菜刀拿出去的是被害者自己。

这个看似矛盾却可能正确的观点来得太突然，同时也合乎逻辑，但我不能让它轻易过关。

"这推理没有证据吧。而且我刚刚也说了，菜刀上指纹的问题怎么解决？"

"这就是线索。"

冰雨的眼中再一次充满了自信。

"请各位想想被害者的穿着。毛线帽和羽绒服，就算一时冲动冲出门外，怎么说也是住在寒冷地区的人，会习惯性地穿上防寒服吧。然而就尸体穿着来看，有一处古怪的地方，本应穿在身上的东西，不知为何并没有被找到。"

我想到了。

大冷天出门的时候，一般都会穿在身上的东西。对冰雨来说就好比眼镜，对寒冷地区的居民来说，以及对想行凶的人来说的必需品。

"是手套吧。"

冰雨点了点头表示肯定，转头看向沙发。

"盛夫先生，你说俊彦先生是晚上十点左右来访的，你把菜刀搁洗碗机了对吧。你说的'搁'是放到洗碗机里，再按下开关，对吧？"

"啊，嗯。"

"洗干净餐具大概需要一个多小时，我觉得十点按下开关，十一点半就应该洗好了，你觉得呢？"

"我觉得,大概正好洗完吧。"

"那么在那个时候,菜刀应该已经洗得很干净了,假设胜彦先生用戴着手套的手把洗干净的菜刀拿走,到了外面才断了气,菜刀的把手上必然不会留下任何人的指纹。"

"可是……"

盛夫想要说话,却被冰雨立马堵住了嘴。

"我知道。警方赶到时,尸体没有戴着手套。为什么?这也很简单,有人把手套藏起来了。警方来之前唯一接近过尸体的人——哲史先生,就是您吧。"

哲史被点到名,不小心"哎"了一声。

"您发现胜彦先生的尸体时,立马就领悟到发生了什么吧。虽说胜彦先生的死是自作自受,但究其根源还是俊彦先生不好,他蔑视了工厂的生意。您原本很爱戴胜彦先生,本就想要继承他的遗志,因此你灵机一动,从尸体手上把手套摘了下来。这样一来,这件案子就不是意外死亡,而会被当作他杀来处理,俊彦先生前一天跟死者大吵一架,警方必然会怀疑他。未能发泄的愤怒、不幸的意外死亡,以及伪装工作。这就是整个雪地密室案件的真相。"

冰雨走近沙发一步,逼问与岛哲史:"我说得有错吗?"外面的冷风似乎吹进了休息室内似的,气氛异常紧张。我从椅子上探出半边身子,等着哲史回答。

"有错。"

然而哲史却非常平静地破坏了这紧张的气氛。

"你看了照片还不知道吗?老板满手血刺呼啦的!那咋还能戴着手套啊?"

"啊。"

这次换冰雨不小心"啊"了一声。我也惊得张大了嘴。

对了,警方拍下的尸体照片里,死者的手心是染上了血。哲史靠近尸体时,血应该已经干透了,不可能把手套摘下来,再把血抹到尸体手上。这么说来,我记得尸体的指甲缝里也塞满了雪。

"而且,俺们老板不喜欢戴手套。说是潮乎乎的,平常除了干活儿都不戴。"

盛夫又补了一刀。我想起了在起居室看到的照片,以滑雪场为背景,用皱巴巴的手比出的 V 字手势。胜彦就算在滑雪场也不戴手套。

"这……这个嘛,那就是你自己把菜刀把手上的指纹擦掉了,这样一来,就可以伪装成他杀……"

"片无先生,这可说不过去呀。"

神保语调轻松得好像我们正围坐在麻将桌边上。

"尸体是像这样,以胎儿一样的姿势躺在地上的吧,想把菜刀上的指纹擦干净,就需要移开手臂,然而死者已经死了好几个小时,再加上天这么冷,早上尸体都冻得硬邦邦的了,根本移不开手臂,要是硬来,还会留下痕迹。他没有擦掉指纹。"

已经遭到了外行的反驳,再加上连法官都这么说,没救了。冰雨摇摇晃晃直往后退,一屁股跌坐在背后的椅子上,脸部抽搐着。冰雨呀冰雨,为何如此苦闷,是因为推理错了羞得慌吗?

"竹篮打水一场空呀。"俊彦说,"下次加油吧,大侦探。"

三位客人从沙发上站起身,走向了休息室的出口。

我也离开了椅子,啪地拍了一下搭档的肩膀——他已经筋疲力尽了。唉,也难免有这种情况。到中间位置还解释得相当有意思,遗憾的是指纹问题——

指纹？

头脑突然激荡了好几下。不是被雪球砸中的感觉，而是像叠叠乐或扑克牌塔崩塌的感觉。至今为止构筑的形状全被推翻，堆积成了另一种理论。我注意到了冰雨之前预感到的那个"非常理所当然的疏漏"。

雪地密室，屋外的尸体，还有插进胸口的菜刀。

休息室里响起了笑声。

是我自己的笑声。冰雨抬起头，俊彦他们本来想回家，也停下了脚步。有人说我这头黑色卷发和眼神本来就很有恶魔的味道，这笑声听上去肯定更邪恶了。虽然如此，我还是没法止住笑。这么简单，我之前怎么就没注意到呢，这不是浪费车费跟时间吗？反正都是浪费了，顺路买个鹿头标本回去吧。哈哈哈哈，总之，我们所有人都是大笨蛋。

等我笑完了，休息室里一片寂静。只有神保不为所动，还是一脸坏笑，手托着头，胳膊肘架在安乐椅上。

"怎、怎么了？"

冰雨问道，相对于在澡堂那会儿，我俩的立场完全反过来了。

"没，不好意思，吓着大家了，不过我明白真相了。"

我没理会冰雨瞪圆的双眼，开始推理。我没有说"接下来"，要不铺垫就太多了。

"你的推理有一半是对的。虽说不知道胜彦对他弟弟发火，有多少是真格的，不过胜彦拿着菜刀就从便门出去了，穿着大衣和帽子，没戴手套。然后，他在空地上走到一半，不幸摔倒，菜刀插进胸口死掉了。"

"没戴手套的话，指纹怎么解释？"

"指纹在那之后被擦掉了。"

"怎么办到的？"

我跟冰雨刚刚一样，转头看向盛夫。

"我说盛夫啊，我也想问问洗碗机的事儿。大部分洗碗机都是用热水洗碗的吧，你那台呢？"

"俺、俺们这儿也是。"

"那胜彦把菜刀拿出去的时候，菜刀应该还热着吧？一个半小时的话，应该还没完全烘干。"

"嗯，应该是吧。"

能确认这点就够了。

"大家听好了，胜彦拿着热乎乎的菜刀出了门，还没走三十米就滑倒了，从雪地上的痕迹来看，可以断定胜彦滑倒后，多少还挣扎了几下。顺便说一句，他指甲缝里塞满了雪。那么，如果胜彦在挣扎时抓了几把雪，同时手里握着还尚有余温的菜刀把手，会怎么样呢？人倒在地上挣扎时，常会出现这种情况，不是吗？"

冰雨和众人一脸震惊，望着窗外的白色风景。

没什么大不了的，线索起初就在眼前。在下车的时候，在查看现场的时候，包括在泡温泉的时候，这个小镇的一切，都被那白茫茫、冷冰冰，化了就变成水的玩意儿覆盖了。

"那，凶器上的指纹是……"

"没错。"

我往上拢了拢卷发，宣布了答案。

"指纹被雪化成的水冲刷掉了。"

十元硬币太少了 ————

1

掀开锅盖，鸡肉诱人的香味和热气一起飘了出来。少量浓稠的汤汁在锅底咕嘟咕嘟地呼吸起伏，胡萝卜软到用竹签"扑哧"一下就能扎进去。看来火候正好。

我关掉炉火和换气扇，解下围裙，重新套上西装外套，把锅里的食物转移到事先准备好的大碟子里。红烧鸡块，名为"药子秘方"，要说跟普通的炖菜有什么不同，就在于"用心烹制"这点上。

我把碟子和筷子放在托盘上，走向隔壁的会客兼起居室。

两位雇主正隔着桌子面对面坐在沙发上，小口喝着加了冰的便宜威士忌。

"久等了，药子秘方。"

"炖鸡肉吗？"

"不是炖鸡肉，倒理先生。是药子秘方。"

"昨天那个炖菜不也是药子秘方吗？"

"昨天那个是药子节日大餐。冰雨先生，亏您还是侦探呢，这么没记性。"

"福尔摩斯曰，记忆就像是小阁楼，不需要的东西就该统统往那儿丢。"

"别随便丢掉我的菜名！"

"叫啥都无所谓，威士忌跟炖肉不配吧？"

"鸡肉还有剩的，废话多的人可没得吃。"

我说着跟当妈的一样的话，把盘子摆在茶几上，坐在了冰雨旁边。倒理拿了酒瓶，往老式杯里续了点酒。我也从冰箱里取出一罐姜汁汽水，打开来兑到自己杯子里。光就颜色来看，总感觉很像威士忌。

没什么特别需要庆祝的，我们沉默地碰了个杯。三个人一起干了，三个人一起把炖肉夹到小碟子里，三个人一起咬了一口鸡肉。

"嗯！"倒理点头。

"嗯嗯！"冰雨点头。

"嗯嗯嗯！"我也点头赞道。

药子秘方，名副其实。

很抱歉这才告诉大家，我的名字是药师寺药子，本职是高中生，每星期会在这家叫"敲响密室之门"（名字真怪）的事务所做几次兼职。放学后来这儿做饭洗衣打扫再加采购，一手包办所有家务活。

今天本来就打算收拾收拾院子，洗洗衣服，在晚饭前就告辞，谁知道从倒理那借了本叫《血染蛋罩》[1]的书来打发时间，结果一读之下发现太有意思了。看着看着，时针就转到了晚上九点，回过神时才发现他们俩已经开始喝（不定期的）夜酒了。马上回去倒也没什么关系，不过明天是周六，还想谢谢倒理借给我书，再说我也饿了，所以就决定免费加班，下厨给他们做道菜。

倒理还是穿着他那件黑色高领毛衣，一屁股沉在沙发里。本

---

[1]《The Affair of the Blood-Stained Egg Cosy》，英国作家詹姆斯·安德森一九七五年创作的侦探小说。

来就有一头恶魔般的漆黑卷发，现在脸上还因为喝了酒而微微泛红，越发显得邪恶。冰雨则跷着腿，显得很是干练，他解开了藏蓝色领带，敞开了西装的前襟，让人想到下班回到家的工薪族。我也想解开领口的十字领结，却一下子忍住了。制服必须穿整齐，这是我的原则。

这么跟他们俩喝酒，感觉既雅致又别有一番风味。我能感觉到，自己好像成了侦探的一分子，形象顿时高大起来。

不过，我们的对话并没有那么上档次……

"今天也没委托人来啊。"

冰雨发着牢骚。

"这有啥办法。"倒理说，"一到正月，不管哪家事务所，客人都会少的。"

"看你忘了，我来告诉你吧，一月可都过了一半了。"

"我的小阁楼里不需要这知识。"

倒理的小阁楼好像乱七八糟的。

"我顺便再告诉你一件事，因为没什么委托人，我们的生活费也告急了。"

"又告急？为啥咱们家总是一下子就缺钱了啊……"

"因为倒理先生您买了那个东西吧？"

我看向挂在起居室墙上的鹿头标本。

上个月，他俩为了解决一起雪地密室案去岩手出差，我还因此兴奋不已地等着，想着"他俩会带什么礼物回来呢"，结果没想到他俩带了个鹿头回来。据说是拿了破案的全部报酬再加上贷款买回来的。我都惊呆了。

"那鹿头买得多值啊！给起居室贴金啦。"

"可是十五万日元也太贵了吧！是吧，冰雨先生？"

"不，我也喜欢那个鹿头。"

冰雨非常认真地对我说道。冰雨一贯很有常识，不过脑子偶尔也会转不过弯来。这两个家伙真愁人。算了，要说喜欢还是讨厌的话，说真的，我还是非常喜欢那个鹿头的。

"比起缺钱，我更受不了无聊啊。"倒理叹了口气，"就没有什么有意思的案子吗？"

"你又说这种话……"

"药子，你想到什么没？日常之谜也行，常有的吧，比如班里同学自杀啊，内衣被人偷啊，后背有莫名其妙的硬块啥的。"

"我一直怀疑，你是不是不明白什么叫'日常之谜'？"

倒理把问题强塞给我，冰雨冲他翻着白眼。

想拒绝很简单，一句"我没这种烦恼"就行了。而我却认真思考起来——我内心萌生了小小的坏心眼，想塞给这两个懒散的侦探一个解不开的难题。

选题没花多少时间，因为刚刚谈到了钱，我不由得想起了一件事。

"事情再小都没关系，线索很少也不要紧。"

"那当然，不如说线索越少越好。我跟冰雨会发挥推理能力来破案。"

"哎？还算我一份？"

被强拉进来的冰雨表示不满。我把筷子搁在桌上，说了句"那么"，然后坐正了身子。

"'十元硬币太少了，还得要五个。'"

我一字一句缓缓说道。

倒理和冰雨眨了两次眼，很有默契地歪了歪头。

"这是我今天一早上学的时候听到的。有一个男人跟我擦肩而过，正用智能手机跟人打电话，我只听到他跟那个人说了这么一句话。"

"你偶然听到的就是'十元硬币太少了'？"

"'还得要五个'？"

我点了点头。

"这么大的人会把十元硬币挂在嘴边，不觉得有点怪吗？所以我就想，那个人当时是想干什么呢？"

"那个人，是个什么样的男人？"冰雨问。

"你问什么样我也……三十多岁，穿着西装，感觉像普通的职员。啊，不过他领带的图案是红地黑圆点的，倒是有点品位。"

"就这些？"

"对……线索是不是太少了？"

我越来越感到抱歉，小心翼翼地问道。

倒理皱起了眉，像是在琢磨。冰雨摸着下巴。几秒后，两位侦探对视了一眼，喝了一口威士忌，异口同声说道：

"足够了。"

两人很开心地接下了挑战。

2

"首先,那男的想要十元硬币是吧。"

说这话的人是倒理,他刚把玻璃杯放下。

"这我知道。"

"那,这么说吧,那个男的非常想要十元硬币,如果因为一时心血来潮或是突然想收集零钱,就不会用'得要'这么生硬的说法。可以认为那男的一定有什么明确的理由,无论如何现在都得要十元硬币。"

确实。说了"得要"就是肯定需要。

"为什么非常想要十元硬币呢……想买东西零钱不够了?"

"不可能是为了买东西。"

我刚说完,就挨了冰雨直截了当的一刀。

"为什么?一般需要钱,不就是为了买东西吗?"

"'还得要五个'这句,那男的最起码得要五个十元硬币。药子,五个十元硬币是多少钱?"

"五十元。"

"咱们国家的流通市场上有五十元的硬币。如果他有想买的东西,差五十元零钱的话,应该会说'得要五十元硬币',可是那男的却说'得要五个十元硬币',绝不会只为了买东西。"

"原来如此。"

这说法我也能理解。冰雨起初没什么干劲，没想到考虑得还挺仔细。较真的人。

"不过，要不是为了买东西而收集钱，就没几个原因了呢。"

"嗯。一般来说都是为了收藏吧。比如说大量收集稀有发行年份的钱币，或是想拿五元硬币做成什么工艺品之类的，还有可能用来钓鱼。"

"钓鱼？"

"那男的有可能想在二手市场或同人志展会这类活动上摆摊，所以要很多十元硬币来找零。电话对面的是一起摆摊的朋友。"

"啊……确实。说起十元硬币，就是用来找零的嘛。校园文化祭上开咖啡店那会儿，我也费劲收集了好多零钱。这是最有可能的！"

我把起初的坏心眼都抛到了脑后，冲着这个说法飞扑上去。然而——

"这可不好说。"

倒理从对面的沙发上扔来了一句"我反对"。

"我觉得这些都不可能，不是找什么稀有货，不是搞艺术品，也不是用来找零。从'太少了'这几个字就能推测出来。"

倒理用筷子夹着胡萝卜指着我们。

"话说回来，你们认为那男的总共要收集多少个十元硬币？"

"哎？"

"'十元硬币太少了，还得要五个。'太少了，也就是差得老远的意思。'在收集十元硬币，但离目标个数还差得老远。因此，还得要五个。'说到底就是这个意思。"

"应该吧。"冰雨表示。

"那问题就变成了——他到底要多少个硬币。打个比方，假设他总共要五十来个十元硬币,现在已经集了四十五个,还差五个。这种情况下,他会用'太少了'这种说法吗?"

"应该不会。这时候应该说'十元硬币不够'或者是'还差点'。"

"对吧。那,如果目标是三十个,已经集了二十五个呢?因为已经集齐六分之五了,肯定也不会说'太少了'吧。这么考虑的话,用'太少了'这种说法,只能说明十元硬币还没收集到一半,或是只收集了三分之二左右。这么一来,那男的最多也就要五个硬币的两三倍的量,也就是十到十五个硬币左右。"

倒理停下来,轻快地把炖菜送进嘴里。冰雨始终保持谨慎的态度问道:"要是那男的性格大大咧咧,不小心说了句'太少了'呢?"

"考虑这种特殊情况可就没完了,咱们应该假设他日文没说错。"

"好吧好吧。"冰雨让步了,"条件一,那男的最多需要十五个左右的十元硬币,然后呢?"

"十五个说得好听点也不算多。然而,刚刚你提出的假设都需要大量的十元硬币。不管是收集稀有硬币,还是制作工艺品,或者是找零钱,如果单纯只为了收集,最起码需要二十到三十个硬币才像样。因此……"

"这些都不可能,是吧。看你脸挺红的,没想到脑子还挺清醒的嘛。"

"你才是,戴着副眼镜,脑子却这么不好使。"

这俩人又回到了平时的状态,互相瞪着对方。我已经习惯了,就喝着姜汁汽水,把话题往下继续。

"除了买东西以外,还需要十到十五个十元硬币……一下子想不出来呀。"

"我想到了。"倒理坏笑道,"假设需要十五个十元硬币,这样一来,总共价值一百五十元。理所当然,就等于一个一百元硬币再加一个五十元硬币。药子你说,前者那一百五十元和后者那一百五十元有什么不同?"

倒理像教授似的问我。我想了一会儿,回答道:

"十五个十元硬币更散。"

"也就是能够拆分。据我推测,那男的是为了把钱分给好几个人,才收集十元硬币的。"

"比如分给五个人每人三十元吗?"

"没错。"

怎么说呢,我很诧异。整个事情我捋顺了,可是三十元也就是让小孩出去跑个腿的钱。说起来,漫画里那个樱桃小丸子的零用钱也是一天三十元。

"成年人有机会一起分这么散的钱吗?"

"比如说一起喝酒差的钱?那男的前几天跟几个人去了趟居酒屋,一起掏钱平分费用的时候找了一百五十元零钱。他很较真,第二天想把零钱换成十元硬币,打算平分给一起喝酒的人。"

我注视着空了一半的威士忌酒瓶。虽说我还不能喝酒,不过也去过家庭餐馆之类的地方。跟朋友一起付饭钱,碰上店家找了些零钱,账就不能两清,是很难办。

"我没想到这点。答案或许就是这个。"

"是吧?怎么样冰雨,哑口无言了吧。"

"你看漏了重要的一点。"

别说哑口无言,人家都开始反驳了。

"那男人说的不是'还差五个',而是'还得要五个'。这明显说明，他需要的十元硬币是一个大概的数量。确实，他可能像你说的需要十五个左右，但不一定刚好是十五个，有可能是十四个或十六个，所以他才会说成'还得要五个'。有问题吗？"

"没有。"

"那么，为什么是一个大概的数量呢？因为他当时不确定要用多少个十元硬币。如果想分给别人，人数又是不固定的，这样一来，还零钱这件事就不合理了。喝酒是发生在过去的事，参加人数理应是固定的。"

倒理嘬了一口威士忌，皱起了红扑扑的脸。

"他只是不小心说'要五个'的吧？"

"咱们是以'那男的日文没说错'为前提吧。"

"嗯嗯，知道啦知道啦。"

倒理投降般摇了摇头。虽说他的思路也相当不错。我事不关己地想着，大口嚼着魔芋丝。

"可是，分给别人的说法也没错吧。"

"这就很微妙了。最多也只要十五六个十元硬币吧？像药子你说的，把这么点小钱分给好几个人，有点不合理。正常来说，应该是自己一个人想拿来干点什么才对。"

"话虽这么说，买东西的说法已经被否定了啊。"

"除了买东西以外，还有很多地方可以用上十元硬币。"

冰雨往空了的玻璃杯里倒上酒。看来下面该他表演了。倒理探出身子追问道："具体来说呢？"

"香火钱。"

"香火钱？"

"那男的喜欢参拜寺庙。明天周六，他也打算去参拜寺庙，参拜就得要香火钱。如果转好几个地方，就会遇见功德箱十到十五次左右,投一百、五百元比较浪费,十元的话就随便投了。所以他才会准备十元硬币,拿来当香火钱使。"

"喔喔!"我不由得提高了嗓音。这个说法比找零还难想到,而且符合迄今为止的所有条件。

"也许是捐钱。男人喜欢捐钱,或是想赢得别人的好感,计划在每次碰见募捐箱的时候都捐点零钱,所以才收集十元硬币拿来捐款……"

"喔喔——"这次不小心拖了长音。"冰雨先生真聪明!跟侦探似的!"

"谢谢。麻烦借这个机会,把我的职业存放在你的小阁楼里。"

冰雨口中讽刺,脸上却挺开心的。回头再看另一位侦探,只见他摇晃着玻璃杯,让酒化着冰块,沉默不语。

"你有什么意见吗,倒理?"

"不,我很满意,九成满意。"

"剩下的一成呢?"

"不满意。这个说法不一定非得要十元硬币。"倒理直视他的搭档,"要是香火钱或是捐款,用一元、五元应该都行。虽说从钱数上来看,十元可能刚刚好,不过因为这样就全用同一种硬币,也太神经质了吧?"

"这人真斤斤计较。"

"小钱才斤斤计较嘛。好了,听着,我再说一次,通过'得要'这个说法可以推断,那男的必须要十元硬币,五元和五十元都不行。这样的,是不是该认为那个男人出于某种需求,必须收集十元硬币,不然就达不到目的呢?"

确实,这个说法也对。冰雨张张嘴想反驳几句,却一下失掉了气势，瘫在了沙发上。

"来整理一下思路吧。"该我发言了，"我看见的那个男人必须要十元硬币，而且不是为了买东西，也不是为了跟人分钱，他最多也就收集十五个左右的硬币，而且还不能用其他零钱来代替……"

感觉越来越复杂了。

"五元、五十元不行，只能用十元办到的事……啊！会不会是去便利店复印东西？复印费一张是十元吧？"

"不会。"

"不可能。"

我遭到了干脆利落的否定。

"复印多于十张应该用一百元硬币了吧。"

"就算用十元硬币，也可以在便利店换零钱，事前'必须要'就不自然了。"

"这么说也是……那，有什么别的原因吗？"

"我正在想。"倒理说，"你问问四眼老师冰雨吧。"

"我这么不起眼，问我我也……"冰雨答道，"这方面福尔摩斯更擅长吧。"

他们互相推来推去，正说明都卡壳了。

两人沉思，变成了只会轮流喝酒的机器。我嚼着萝卜，发现菜稍微冷了点，就把大碟子拿去厨房，用微波炉热了热，坐回到沙发上。沉默还在继续。

三个人各有各的想法，边沉思着，边跟刚开始一样抓起筷子，把红烧鸡块往嘴里送。

这时，或许是药子秘方的美味起了作用，两人同时"啊"地叫了一声。

"只有一件事,必须要用到十元硬币。"

"我也想到了,只有一件事。"

看来两人得出了相同的结论。

我问"什么事",两位侦探互相用筷子指着对方,再次异口同声道:

"公用电话。"

3

公用电话。

好久没听过这个词了。如今已经完全落后于时代的一个单词。在街上偶尔还能看到,但我一次都没用过。

"公用电话……话说,打电话是要用十元来着?"

"对。"冰雨点头,"基本上只能用三种,十元硬币、一百元硬币、电话卡。十元一次最多能打一分来钟,能继续投硬币,但不会找零。现在的年轻人都不知道了呀。"

你们不也是现在的年轻人吗……

"假设打公用电话,那人打算用一堆十元硬币聊很久吗?"

"不,光是聊很久的话,应该用一百日元。"倒理否定道,"如果用一堆十元硬币,多半要打很多次,而且打不了多久。"

"当然,这种情况下用电话卡更方便,但是现在只有极少数人会随身带着电话卡。用十元硬币很合理。"

看来意见又难得的一致了。我不了解公用电话,既然两位侦探都这么说了,应该就没错——我想到这里,突然发现了什么。

"不,请等一下。这说法有一个大问题。"

"是有问题,而且是非常大的问题。"

"那男的当时拿着手机。"冰雨说道。

倒理点了点头。

没错，我看见那男的当时正拿智能手机打着电话。有手机的人不可能再用公用电话了。

"看来这个说法也不对呀。"

我很遗憾，像是酗酒一样大口干掉了杯里的姜汁汽水。倒理还不想放弃：

"不过，说起为什么想要十元硬币，公用电话是条不错的思路。毕竟不打多久的话，就只能用十元硬币了，这个原因有一定的必然性。"

"话是这么说，可大家一般都会用手机吧？"

"或许手机快没电了。"

"看电池快没电了去收集硬币，还不如赶紧去便利店找快速充电器。"

"……"

倒理把玻璃杯放在桌上，又皱起了眉头。那副认真的表情与其说是生闷气，不如说更像沉浸在思考中。

"大家一般，都会用手机……"倒理重复搭档的话，"要是原因不一般呢？"

"原因不一般？"

那男的想往某个地方打电话，明明有手机，却偏要打公用电话。为什么？因为公用电话更方便。冰雨，你好好想想，公用电话也有它的优点。

冰雨喝了一口威士忌，半信半疑地思考着，随后突然想到了什么似的，瞪大了双眼。

"公用电话可以隐藏身份。"

倒理扬起嘴角，嚼了块鸡肉代替点头。而我则被丢在一旁，连忙问道："怎么回事？"

"举个例子,我拿我的手机往药子你的手机上打电话,这样一来,你的通话记录里就会留下我的手机号码。"

"当然,要是设置成主叫隐藏,就不会显示自己的号码,但是这只能糊弄手机上的记录,移动运营商的通话记录里还是会留下自己的号码。"

"可是,要是我拿公用电话打呢?手机和移动运营商那边就只会记录下公用电话的号码。之后即使别人再查这条记录,也不知道是谁打来的电话。也就是说,可以隐藏身份。"

"确实。"

公用电话如字面意思,就是谁都能用的电话,反过来说,也就是无法确定谁用过的电话。从某种意义上讲,打公用电话或许才是最高级的主叫隐藏功能。

"那……那个男人想在打电话的时候隐藏身份?"

"恐怕是。"冰雨答道,"然而就像我刚才说的那样,只是不想被人知道号码,设个主叫隐藏就够了。既然用的是公用电话,那么就能推测出,那男的还不想在运营商那边留下记录。"

"这个做法真是相当谨慎。"倒理说,"一般人根本不会在意运营商那边的记录,因为几乎没人会去查运营商的记录。"

"然而,那个男人却很在意。因为他料到了有人会去查记录。那么,查记录的会是谁?"

"普通人查不了,要说有权查的话,就是国家机关了。那么答案很简单——那个男的想瞒过警方的眼睛。"

不知何时,两人开始轮流发言了。并非竞争,而像是在合作推进思路。下班后的闲情逸致,还有掺着酒意的开朗劲儿,一下子都消失无踪了。

倒理一把捏住自己的卷发,冰雨推了推眼镜,这两个动作我已经看过好多遍了。

这是他俩准备开始认真推理的动作，类似于一种习惯。

"药子。"不久，冰雨看向我，下了结论，"你碰见的那个男人和他电话那头的人，当时可能在计划从事某种犯罪行动。"

4

咔啦。是倒理玻璃杯里融化的冰块发出的声音。

我眨了好几下眼睛。并不是跟不上他俩推理的节奏,而是惊异于事情居然会往意想不到的方向发展。

"你说犯罪……什么样的犯罪?存款诈骗?"

要说用电话犯罪,我头一个想到的就是这个。但冰雨却摇了摇头。

"拿公用电话诈骗太招摇了。再有手段的骗子,只打十通二十通电话也抽不中奖。这跟公理一相矛盾。"

那男人最多需要十五个左右的十元硬币。十五个硬币打不了几十通电话。

"再整理一下思路吧。"倒理边说边比画,"那男的想拿十几个硬币打公用电话,可以推断他的通话时间不长,而是要拨很多次,每次打一会儿就挂。而且,从提前准备硬币这点上可以看出,他行动的节奏非常频繁,类似于拨个号码,放下话筒,再拨个号码,再放下话筒。问题就在于他打电话的对象。是往同一个地方打,还是往不同地方打。"

"如果往同一个地方打很多次,就有点像骚扰电话了呢。"

"是吧。但是,那男的还跟另外一个人通话,说'得要十元硬币'。可以认为,那个人也参与了犯罪,而打骚扰电话不太可能有共犯。"

"不是骚扰电话的话,就是往不同地方打了吧。"冰雨说,"估计是按顺序往好几个地方打。从十五个硬币的上限来看,应该打了十个地方左右,我觉得要比十元硬币的总数少。这些十元硬币里肯定还留着几个备用的硬币,防止超过通话时间。"

"备用的……"

我恍然大悟。

十元硬币只能打大概一分钟。如果说得多了,不放进备用的十元,打到一半就会断掉。如果是我打公用电话,为了防止这种情况,肯定会多准备一些十元硬币。就算不确定要多少个,也得多准备些。

如果因此才产生了"还得要五个"这种说法……

倒理进一步推测道:

"往零零散散的十个地方,连续打一分钟就能完事儿的电话,而且还跟犯罪有关。所以,这两个男人有什么目的?"

冰雨把萝卜放进嘴里,喝了口酒后答道:

"十个地方,说明范围很广。一分钟就能完事儿,说明事情很简单。连续打,说明十万火急,给人感觉是挨家挨户的打电话——假设在找什么东西如何?比如找人。"

倒理似乎非常喜欢这个想法。

"很合理啊。找人,就从这里着手。他们在找某个人,那个人的备选住址有十个,但无法锁定到底是哪个,所以他们决定打电话。"

"您是说,他们在抓某个人?"

"不。"冰雨否定道,"如果对方想逃,是不容易用电话来推断地址的。药子,假设你想逃开某个人,而你的藏身处突然来了通公用电话，你会接吗？"

"肯定不接，不对劲。"

"是吧。所以，对方应该还没注意到自己已经被人盯上了。应该是普普通通过日子的老百姓。"

"老百姓怎么会被犯罪分子盯上呢？"

"比较常见的就是，看到什么不该看的啦……"

"先把这个放到一边。"倒理说，"回到正题。你觉得他们有多了解那个目标人物？"

"光是备选住址就有十来处，稍微有点多。从没法锁定这一点说明他们手里应该没多少信息。"

冰雨停了一下，又陷入了思考。

"比如说，只知道目标人物的'姓氏'和'居住的街道'，用当地的电话号码簿来挑出对应姓氏的住址，不就刚好能有十来处吗？"

倒理一时没回应，像是在脑海里想象了一番，然后回答"没错"。

"这意见也可取。他们知道目标人物的姓氏还有居住的街道，再加一点，我认为他们应该还知道'声音'。"

"声音？"

"他们想仅凭一分钟的通话，来确定电话那头的目标人物。但是他们不知道对方叫什么，所以不能问'某某在家吗'，那就只能靠声音来当线索了。他们多半装作打错电话之类的来听通话对象的声音，由此判断对方是不是他们要找的人。"

"嗯，原来如此。"冰雨也表示同意。

倒理把杯口朝向搭档：

"那最后一个问题，目标对象具体是什么样的人？"

"据推理，他们的通话对象都是普通人家。今天早上担心十元硬币不够的话，就一定会在白天打电话过去。然而今天是周五，大部分人要上班，白天都不在家。"

"反过来考虑，他们要找的人平时白天都在家，而且很有可能接电话——"

他们俩一起把目光投向了我。我也指了指自己，指了指这个在事务所包揽所有家务活的自己。

"主妇？"

"你理解啦。"

我这一句话似乎是最后一块拼图。倒理咽下威士忌，开始总结。

"这两个男人在找某个主妇，虽然不了解详细情况，但对他们来说那个主妇很碍事，得想办法杀人灭口。他们查到了主妇的姓氏和居住街道，再往后就查不到别的了。于是，他们往选出来的住址挨个儿打电话，想要查出主妇的具体住址。然而用私人号码打电话就会被警方追踪，所以他们才用了……"

"公用电话。"

我话音刚落，倒理就点了点头。冰雨接过话：

"拿公用电话打，就不会担心身份暴露，可以随便打。那男的打算到个有公用电话的地方跟同伙碰头，可是就在去的路上，一看钱包，他发现了一个小问题，身上没几个零钱可以用来打电话。于是他拨通了同伙的电话……"

喂喂，是我。嗯，马上就到，对。先拿公用电话查查她家。不过，十日元硬币太少了，还得要五个。你现在手头有几个？没有的话就去附近自动贩卖机那儿换……

真相大白，奇妙的推理游戏落下了帷幕。冰雨喝光了杯中的残酒，倒理大口扒光了小碟子里剩下的炖菜。

"那帮人……已经确定那个主妇的住址了吧？"我小声嘀咕道。

倒理耸耸肩："谁知道呢。"

"不过，如果已经确定了，那帮人的行动就很明确了。要么是到地方守着等人出来，要么就是进去动手。不管是那种，对他们要找的人来说都不是什么好事。"

"药子是早上碰见那男人的吧，看来报警也来不及了。"

冰雨低头看了看手表。我僵住了。

十元硬币太少了，还得要五个。一句话中居然隐藏了这么一串故事，而且那时候跟我擦肩而过的人，居然在计划着杀人。这些我都无法相信。我想让自己平静下来，便喝下了最后一口姜汁汽水。汽水不凉了，气也跑光了，感觉不太好喝。

不知是不是在困惑自己得出的结论，两位侦探都一副沉痛的神情。他们低着头，脸被阴影遮住了，看不到表情。鹿头标本用玻璃眼珠俯视着我们。如祭祀过后般，一阵压抑的沉默……

"呵——"

如漏气般的声音打破了这场沉默。

是倒理忍不住笑了，接着冰雨也发出"呵呵"的笑声。呵呵呵，呵呵呵呵，呵呵呵呵呵。笑声一声比一声持久。

下一瞬间，两个人爆笑起来，笑得肩膀都在震。

"不不，这怎么可能啊。"

"什么要灭主妇的口嘛，又不是电视台的周二悬疑剧场。"

不同于刚才，我又僵住了。冰雨捂着肚子，倒理拍着膝盖。

"哎？可是根据推理……"

"推理？这个嘛，按推理是这样。"

"我俩的推理要是全都能推对,委托人还会这么少?"

也许是这句自暴自弃的话又戳到两人的笑点上了,两人又开始一起"哇哈哈哈哈"地大笑。我意外地看向桌子,不知何时威士忌酒瓶已经空了。咦?他俩喝醉了?难不成我被耍了?

"啊哈……"

感觉身体被掏空。这两人果然很难搞。仔细想想,单凭那么一句话推出来的结论,肯定不可能对啊。

"好啦好啦。"我拍手示意,从沙发上站了起来,"那,今天就到这儿吧。我要收拾啦。"

我又跟当妈的一样,准备把碟子放在托盘上。这时——

咚、咚、咚、咚。

从玄关传来了厚重的敲门声。

似乎在这个时间还有客人来。这家事务所名副其实——"敲响密室之门",所以没有安迎宾器之类的东西,大家都是直接用手敲门。

"节奏这么着急。"

"再加上这毫不客气,仿佛拳头捶门的声音。"

看来两人已经知道了客人的身份,脸色铁青。然而必须有人去开门。我走向玄关,开了门。

站在门外的女性身着西服套装,戴着眼镜,很是帅气。

"穿地警部补!你好,好久不见!"

"药子你怎么还没回家啊,这可是违反法规的,赶紧回家。啊不,等一下,不用回去了,我能以涉嫌监禁的罪名把他俩带走。"

"别堂堂正正地诬陷好人!"

"你来干什么?"

倒理和冰雨出现在了走廊里。穿地警部补毫不客气地踩到三合土上，用命令的口气说道：

"今晚让我睡这儿。"

"哎？不太明白你什么意思。"

"因为杀人案，上头在中野警局设了搜查总部。比起一趟趟回家，这边离警局更近。让我在这儿睡两三个晚上。"

"哎哎哎？"倒理一脸的不愿意，"你就在中野警局找几个折叠椅拼起来睡呗。"

"这房子可比折叠椅好一点三倍。"

"才这点儿差距啊！"

"白住有点不好意思，我连礼物都带了，梅酒和十片蒲烧太郎①。"

"这根本是你的下酒菜嘛！"

穿地难得会像这样来找她的两个朋友玩。我搞不清这三个人的关系到底是好还是不好。不过站着说话也有点失礼，我就说着"请，请"，给穿地拿了拖鞋。

"您说在中野警局设了搜查总部，这附近发生了什么案件吗？"

"嗯。三丁目的民宅里发现一位惨遭绞杀的主妇。感觉这案子并不单纯啊，真麻烦。"

"咦？主妇……主妇？"

"据说昨天傍晚，被害者打算去住在足立区的熟人那儿，不小心在小巷里迷了路，她一边走，一边给熟人打电话问路，不小心撞见一帮男人在争执，对方瞪了她一眼，她就赶忙逃掉了。被

---

①日本的一种粗点心。

害者原以为只是碰上单纯的吵架，就没太在意，查了查才知道，今天早上有人在同一条小巷里发现了一具男尸。"

"就是说，她目击了凶案现场吗？"冰雨问道。

"没错。凶手杀了人，第二天想灭目击者的口，这么想也很正常。总部就根据这条线行动了。"

"凶手居然能知道对方的住址。"倒理感叹道。

"被害者把点心店的积分卡落在了现场，上面写着她的姓氏，从分店店名能推断出离她家最近的车站。凶手应该是凭这张卡找到她的。感觉凶手还挺精明的，在两处犯罪现场都没有留下指纹，被害者家一大早倒是接到个可疑的电话，但也是拿公用电话打来的……怎么了？"

穿地刚坐到起居室的沙发上，就不再抱怨了。当然了，因为听她说话的三个人都大张着嘴。

"穿地。"冰雨好容易才发出了声音，"嫌疑人锁定了没？"

"街上的监控摄像头拍到了好几个人，不过要从监控摄像判断就……"

"那边有没有拍到两个男人？一个人打着圆点图案的领带，是红地黑圆点的，看上去挺有品位。"

穿地扶正眼镜，足足看了我们五秒，有点毁了她冰山美人的形象。

"你们怎么知道？"

"这就说来话长了……"

我晃悠着瘫在沙发里，然后跟不经意间破了案的两位侦探相互对视，一起无力地笑了。感觉鹿头标本也在苦笑。

真是的。

就因为会发生这种事，我才超爱这家事务所。

无限接近精确的毒杀

1

说这话也许有点唐突——我很讨厌吊灯。

我小时候看过一部B级恐怖片，可能是受此影响吧。电影里的一名登场人物被吊灯砸死了，男人内脏散落一地的死相，给少年时还很纯真的我留下了心理阴影。以至于现在看到吊灯，我都会忍不住妄想挂钩断了，吊灯掉下来，然后自己被砸扁。我知道这很傻，但也无计可施。吊灯越大我就越讨厌。那种尖头尖脑的花哨装饰越多，我就越讨厌。

对患有吊灯恐惧症的我而言，现在看到的录像简直能让我鸡皮疙瘩掉满地——画面中的吊灯大到惊人，极为豪华，还处处是花哨的装饰。

这是位于赤坂见附的一家高级酒店的大堂，酒店名叫"角松酒店"。画面边上显示的时间是晚上八点十分，近百人手持香槟酒杯，在精致菜肴的包围中谈笑风生。

宾客净是一些膀大腰圆、肥头大耳的中老年人，酒会的主角也不例外。摄像机镜头就没离开过这位男主角。他到达会场已有十来分钟了，却连喝口东西的时间都没有，不停跟宾客握手，忙得不可开交，偶尔跟一旁待命的秘书说几句悄悄话，也应该是在问对方的名字和身份吧。

我们不常看新闻，但也对男人这张脸有印象。

"外样……他叫什么来着?"

"外样宽三。原众议院议员。"

倒理扭过头问我,我也模仿了一把秘书。

外样宽三出生于群马县,毕业于庆应大学。从无党派人士的身份一步登天,成了执政党的中坚力量,是一位活跃在政界的政治家。不过这都是过去的事了。两年前,外样给选民们分发高价扇子,违反了公职选举法,一时引发街头巷尾热议,还被查出在给后援会的收支报告上做了假,更引起了人们的怀疑。总之,钱款动向的古怪事一曝光,外样就被逼辞职。原本事情应该到此为止,然而……

"为什么这种人会办酒会啊?"

"他加入了'日进新党',准备在下一次选举中卷土重来。"这次轮到穿地答话了,"这次活动嘛,是为了集资跟宣传。"

"宣传啊……"

"哎,啊哈哈哈。您好,啊哈哈哈,您好您好,哎,您好,啊哈哈哈哈……"

外样宽三继续跟人握着手,像排放污水般排放着让人摸不透的笑容和寒暄。画面边上的时间到了八点十五分时,人流终于断了。

"老师,该到演讲的时候了。"

秘书靠过来,适时提醒道。外样简单回了句"知道了",就从秘书身边走开了。

这时一位女服务员走过来,递出饮料。银色的圆托盘上摆着约有十杯香槟。玻璃酒杯样式高雅,像是把细长的四角锥倒放了过来,酒杯摆放并没有什么次序。

外样伸出右手,拿了其中一杯。

然后这位政治家背朝摄像机，走向设在金色屏风前的演讲台。摄像机继续追随主角，或许是因连续寒暄口渴了，想润润嗓子，外样在演讲台前喝了一口杯里的酒，一口喝掉了近三分之一。

"各位，请注意你们的右前方，现在有请今天的主角——外样宽三先生来为大家简单说几句。"

女主持人话音刚落，外样就走上了演讲台，台下响起了礼貌的掌声。画面稍稍晃了晃，然后就不再抖动，看来摄像机被固定在三脚架上了。

"这个……非常感谢今天大家的光临，我酒量不好，不过今夜的香槟真是极品呀。我可得注意别喝多了。"

外样轻轻举杯致意，看来是为调动气氛而讲的笑话。会场反应良好。

"嗯……那么，我今夜能站在这里，多亏了咻咻咻咻咻……"

穿地按了快进键。画面上的外样飞速地动着嘴，好滑稽。

当显示时间到八点二十七分时，快进停止了。

"我深有体会。说到恩人，在无党派时期，有三位人士非常关照我，第一位就是群马县当地的……"

"好像还得很久。"

倒理嘀咕道。穿地回了句"不"。

"马上就完了。"

确实如此。

八点二十九分，外样正在介绍他无党派时期的第二位恩人时，突然发出了窒息般的声音。

玻璃杯从手中滑落，跌到演讲台上，摔得粉碎。刚刚被授予"极品"美称的香槟在他脚下流淌开来。看来并不是喝多了。

"嘎……啊……嘎——"

外样跟跄着,由演讲台跌到了铺着地毯的地板上。"老师!"秘书的声音响起,会场在一瞬间的凝滞后开始沸腾,因为有三脚架固定,摄像机完全没有晃动,继续拍摄失去主角的演讲台。偶尔会有人影从镜头前划过,但外样的尸体和他周围的人不在镜头内,所以看不见是谁。

最后影像就这样毫无变化地播放下去,没过多久,穿地按下了暂停键。

小坪刑事打开电灯,警察局会议室的桌子摆成"コ"字形。穿地刚打开一盒酸奶味的粗点心——摩洛哥酸奶的盖子。

"外样被救护车运走,六小时后死在了医院。我们查了查洒在地上的香槟,检测出超过致死量十毫克的罗密欧毒素。"

"罗密欧毒素?"

"是俗称。一种最近刚开始泛滥的神经毒素。跟河豚毒素的效果相似,摄入约二十至三十分钟后身体开始急剧麻痹。因为是无色无味的透明液体,所以混在饮料里也不会被人发现。事实上外样也没发现。"

"就是说有人在香槟里下了毒?"倒理问道。

"是这么回事。"穿地吃着酸奶继续往下讲,"演讲前的那口酒使他摄取了超过致死量的毒素,毒素应该是在他讲话那十五分钟开始起效的。发作时间稍早,不过外样有心脏病,本来身体就不好。"

"他是从托盘上拿的酒杯,那托盘上的其他酒杯如何?全都下了毒?"

"问题就在这里。小坪。"

"啊,是。我们调查了会场里所有的饮料和食物,包括托盘上剩下的酒杯,并没有一样检测出有毒,只有被害者选的那杯香槟下了毒。"

听完小坪紧张僵硬的简告后,我们的头上浮现出大大的问号。

"能再放一遍录像吗?"

穿地操作着遥控器,屏幕上马上播放出有问题的场景。接近外样的服务生,托盘上摆着的玻璃杯。刚刚说了约有十只,重新数了一遍,正好是十只。外样拿了其中一只——中间稍稍偏右的玻璃杯。动作只持续了一两秒,没有仔细挑选。

"连瞟都没瞟。"倒理说,"就像从打折货架上拿洗涤用品似的。"

"完全没用心啊。"

"目前能想到两种情况。"

穿地再次暂停录像,走到屏幕跟前。

"有个不知道哪儿来的蠢货往香槟里掺了毒,想胡乱杀人,而酒会的主角不幸抽到了那杯毒酒。或者是某个凶手利用头脑犯罪,想要杀害外样,便用了某种诡计,使外样拿起了那杯毒酒。"

"警部补阁下的意见呢?"

"当然是后者。"

穿地肯定的话音刚落,小坪就慌忙站在了她的身边,手中拿着折好的复印纸。

"我们在通向会场入口的路上,发现了一个小瓶子跟这张纸。虽然没有检出指纹,但瓶子里面装的是罗密欧毒素,纸上写着一段文字……"

我猜对了一半,这段文字引用了 Cheap Trick 乐队的歌词。

    I've tried and tried

To be so strong

And turn it all around

Turn it around, turn it around, turn it around

"'我不断努力变强，扭转一切，慢慢扭转一切……'这是什么歌来着？想起来了，是 Busted。"

"歌词还挺积极向上的呢。有点像加油口号。"

小坪漫不经心地说：

"不。Busted 在俚语中有'灭亡'和'逮捕'的意思。紧接着高潮是这么唱的。"

倒理摇着脑袋，模仿罗宾·桑德①的调调，随口唱起了歌。

Busted

Busted for what I did

I didn't think it so wrong

灭亡。因为自己的所作所为。

我不觉得自己有多坏。

灭亡，因为自己的所作所为……

诈骗暴露、被逼辞职后决心复仇，却在酒会上被毒杀。这歌词是对那个男人的强烈讽刺。

小坪脸色发青，穿地沉默，我的搭档苦笑。我把他们扔在一边，按住了自己的太阳穴。

---

①罗宾·桑德（Robin Zander），Cheap Trick 乐队的主唱。

——新年我要在东京都干一笔大点的买卖。有缘的话，就来一决雌雄吧。

十一月那起狙击案发生时，他确实这么说过。

这笔买卖也太大了点吧，美影。

2

"介意抽烟吗?"

"请便。"

"多谢……您看新闻了没?事情挺顺利的。"

"没错。"

"看来警方压根儿没怀疑到我头上,这都多亏了系切先生您。"

"是你自己行动得天衣无缝呀。"

"没,说真的,我当时都出神了……特别是酒会那会儿,不停地出冷汗。不过,外样被抬上救护车以后我就痛快多了,看他那副死相,简直……"

"你还是停了吧。"

"哎?"

"烟,我不喜欢烟味。"

"啊……抱歉。"

"……"

"话说回来,这计划真完美呀。"

"没,只是个不值钱的诡计,也不是绝对精确的。"

"不过,是无限接近精确的吧?"

"……"

"……"

"这个嘛,这点我不否定。"

然而,事情闹得太大了。

牵扯到美影,还被穿地瞪了,这样的话,我们俩就没法不行动了。不,就算撇开这些不谈,恐怕倒理也会加足马力冲刺。这是一起"手法犯罪"。

在那种情况下,会场里没有任何人能让被害者选中毒酒。那么是谁用了何种手段,成功毒杀外样的呢?

"有一种叫作'强迫选择'的手法。"我沿着外堀大街边走边说,"感觉是自己选的,但其实是受人诱导。例如有 A 跟 B 两张卡片,对方选了 A 的话,魔术师就会说'那么我们用 A 卡片吧',如果对方选了 B 的话……"

"他就会说'那么 A 卡片就归我了'。不管选哪个,魔术师都会用 A 卡片来表演魔术。"

倒理毫不犹豫地答道。看来我没必要特意解释了。

"这个嘛,我的意思是,外样会不会也中了这招?"

"在那一瞬间中招?服务员可没冲他说过一句话,怎么诱导他啊?"

"比如右撇子选东西的时候,有很大概率会从好几个物品里挑比较靠右的。所以可能是递托盘的方式……啊,抱歉,我撤回上面的话。"

从两三只里选还有可能,从十只里选,就不可能了。事实上,外样选的也不是最靠右的杯子。

"那,可能是在杯子上做了什么标记,上面有什么特征,能使外样想要拿起那只杯子。"

"单从录像来看，杯子上并没有什么特征。再说了，即便凶手在上面弄了划痕或标记，应该也非常不明显，不靠近细看根本不会注意到。何况外样并没有细看那些杯子。所以，杯子上不可能有什么特征。"

"哇哦，好有逻辑，真像个大侦探。"

"你就像个呆头呆脑的助手。"

我学了一句药子之前说的傻话，但遭到了反击。我撇了撇嘴，看向街边，歌帝梵[①]分店的门前排满了人。

"马上就情人节了啊。"

我突然说了一句，倒理一脸摸不着头脑的表情。

"怎么突然说这个？"

"没，我在想今年能拿到多少巧克力。"

"去年是八个，今年应该会更多吧。"

顺便一提，八个巧克力都是药子给的。似乎是出于"我把你们从别人那儿拿不到的份额都补上"的执念，药子做了好多好多种，但这样一来我俩反而更空虚了……如果可以，还是希望她别再做了。

"啊，不过今年穿地没准儿也会给，我们表现这么出色。"

"要给的话最少也给个 tirol 巧克力[②] 吧。"

记忆重现脑海，想起学生时代接到的五元巧克力[③]，我更空虚。穿地喜欢粗点心，对她来说这可能就算请大餐了……这话不提也罢。

[①]即 Godiva，一种起源于比利时布鲁塞尔的巧克力，至今已有超过九十年的历史，有巧克力中的劳斯莱斯之称。
[②]日本的一种多彩巧克力，价格比较便宜。
[③]做成五元硬币形状的巧克力，实际上真的用五元就能买到一块，是日本最便宜的巧克力。

我推了推眼镜,回到正题。

"你觉得美影用了什么样的诡计?"

"谁知道呢,不过,外样选香槟的动作完全是随机的,从这点来看,应该不可能事先投毒。我觉得投毒发生在外样选酒到喝酒前的这段时间。"

"这段时间摄像机一直在拍摄外样的举动,并没有任何人接近过他啊。"

"这就是这个说法的问题所在。"

"你真不靠谱啊……"

"这有啥,不才刚开始嘛。先搜集一下线索吧。"

我们站定了脚,仰望眼前的大楼。

外样宽三遭毒杀的地方,角松酒店,名人御用。

从正面玄关看去,大堂的天花板上也悬着一盏巨大的吊灯。唉,这地方真瘆得慌。

"咖啡里没放毒,请放心饮用。"

一位身着酒店制服的男人说道,语气中半开玩笑,半带自嘲。他是服务部的副厨师长川岸先生,面部轮廓很深,让人联想到西班牙男演员安东尼奥·班德拉斯。

我们被川岸领到大堂,坐在了位于角落的圆桌前。话虽如此,两位侦探里只有我老老实实地就座,问题儿童(倒理)还在大堂晃来晃去。我对面坐着的是川岸先生和另一位小个子的女士。据说她就是录像里的那个服务员,名字叫香山。

录像中人声鼎沸的大堂现在静寂无声,弥漫着死亡的气息。我暂且喝了口咖啡——经专业认证绝不含毒,只有一股速溶咖啡味儿。

"我现在脑子还很混乱,为什么会发生这种事。"川岸先生说,"我们只是跟往常一样完成工作而已……"

"听说准备那些香槟的就是你们二位?"

我向二人确认从警察那儿听到的信息。

"没错。我负责从架子上把酒杯拿出来,倒上开好了的香槟,香山负责把酒杯摆在托盘上,然后拿去大堂。可是我们……"

"没有投什么毒。"

倒理插了句嘴,语气轻佻如常。看来他把大堂转完了。

"那,其他服务员有没有可能乘虚而入?"

"说真的,我觉得很有可能。酒会期间服务部人来人往的,就算有人形迹可疑,也没人会注意。说句极端的,只要弄到酒店的制服,无关人士都可以混进来。"

"就是说,也可能凶手事先就往酒杯上涂了毒。"

我刚说完,川岸先生就点了点头。透明、微量的液体,即使涂在玻璃杯上也不会有人注意到。

"我在大堂转来转去的时候,可能有哪位客人往里面投了毒……"香山也谨慎地发表了看法,"我什么都没注意到,也并没有特地一直留意什么……"

服务员都有嫌疑。不仅如此,也有可能是无关人士潜入下的手。不排除宾客也有嫌疑……

看来要锁定凶手很难,那就先查清动机好了。

"服务员里,有人跟外样宽三有关系吗?"

"这点我们跟警方也说过了,就我们所知并没有。昨天那场酒会应该是外样先生头一次光临我们酒店。"

"但是,昨天那场酒会是外样主持的吧。"倒理说,"那么大的酒会,事先不得来个彩排,确认一下安排啥的?"

"当然了,当天下午我们就彩排过。可是外样先生本人并没有到场，全是由事务所的助手负责的。负责人有吉泽先生、堀田先生、秘书浦和先生。"

秘书浦和——我有印象。在酒会录像里，站在外样身后的那个男人，一直处于十分专业的待命状态。

"他调整了酒会的时间安排，还确认了演讲稿，非常用心。"

"啊，那些场面话果然是有演讲稿的呀。"

我自言自语般嘀咕道。

"外样先生的演讲稿都是浦和先生给写的。我只瞟了一眼，细到连笑话的内容、做动作的时间都写出来了，真让人佩服……我说这些是不是太多余了。"

川岸先生苦笑，继而沉默了，像是在等待下一个问题。

然而倒理却说了句"够了"。

"已、已经行了吗？"

"我大概明白了，回去干活儿吧，辛苦你们了。"

川岸先生的热情似乎还没完全燃烧殆尽，而香山则是一副松了口气的样子，两人相继离开了大堂。

我看着旁边的卷头发。

"你大概明白什么了？"

"首先，毒是什么时候掺进去的。那个服务员提到'我在大堂转来转去的时候'，就是说，她不是直接去了外样那儿，而是先在大堂转了转。如果杯子里一开始就掺了毒，这样肯定不行。如果有人比外样先拿走毒酒怎么办？所以，下毒是在外样选了香槟以后。"

就是说，倒理在进酒店前说的思路是对的呗。

"可是那个问题又回来了——外样拿走酒杯直到喝酒的这段时间，没有任何人接近过他。"

"会不会是外样本人放进去的?"

我差点儿把咖啡喷了出来。

"你说他是自杀?"

"不,可能是受人诱骗,跟你刚开始说的那个一样,都是诱导的手法。"

我不太明白。

我催倒理往下说,他看向了外样曾经走过的地方。

"外样不是酒量不好吗,假设凶手提前把毒药给外样,再随便说些什么,比如'这是醒酒药,请在演讲前掺在香槟里喝掉',外样在走上台的时候,有几秒背对着摄像机,肯定是在那时候自己掺进去的。"

"不会吧,谁能撒谎操纵这么大岁数的政治家?"

我正想说不可能,但此时也注意到了。

"或许只有一个人能。宾客的名字、演讲的时机,连做的动作和笑话的内容都是听那个男人安排的。"

"而且就他的立场来看,投毒案一旦发生,大家会第一时间怀疑他。众目睽睽之下的酒会会场正是个绝妙的杀人现场。"

倒理站着喝光了咖啡,一把抓起搭在椅子上的外套。

"我们去会会外样的秘书。"

外样宽三的事务所没了领导,毫无生气。

不管是气氛还是事务上都毫无生气。似乎大家都在忙着应付媒体,所以事务所里没什么人。我们孤孤单单地呆站在原地,打量着静悄悄的办公室。

离我们最近的桌子上放着一只小袋子,上面印着一只茶色的卡通小狗,小狗竖着食指。倒理毫不客气,很自然地拿起袋子打开了。里面是几粒胶囊跟几包药粉,还有一张写着"外样宽三先生"的医院处方。

"需要的话请拿走吧。"声音从背后传来,"老师原先总把这服药放在车里,现在已经没机会服用了。"

秘书浦和敬人说了句"请坐",把杯子端到会客桌上。我们坐下来,看着今天的第二杯咖啡。

"请二位放心,这咖啡……"

"没有投毒?"我说,"酒店那边也对我们说了一样的话。"

浦和像是被说中了心事,苦笑着坐在我们的对面。他三十五岁左右,长脸配上收拾得一丝不苟的头发。如果跟川岸先生一样,都用演员来形容的话,应该说像早川雪洲吧。

"听说有侦探来访,不知您二位哪位才是?"

"我是。"

"是我。"

我们同时举起了手。从浦和嘴角透出的笑意更深了。虽说这是老一套,但总感觉遭到了鄙视。这淡定的气息只有高学历高个子高收入的人才能散发出来,跟吊灯一样棘手。

话说,他也太淡定了吧?老板可是在自己眼前被人毒杀了啊。

可疑,可疑到让人觉得不可疑。我放下手,连带用胳膊肘戳了戳倒理。倒理也戳了戳我,好像在说"我知道"似的。

"那么,我只要谈谈外样老师就可以了吧?"

"不,说说你的情况。"倒理毫不松懈,"外样宽三在会场倒下后,你都干了什么?"

"我一直陪在老师身边,救护车来了之后也就跟到了医院。开始我还以为他心脏病又犯了,直到酒店那边联系我,说已经叫了警察,确定这是杀人案,我才吓了一跳。"

"还有其他人一起跟到医院吗?"

"没,就我一个。"

"这样啊,那你也有机会跟外样在医院独处呗。"

"我也进了病房,不过就待了四五分钟而已。"

"有一分钟就够了。"

倒理像是得到证实般点点头,浦和的笑容蒙上了薄薄的阴影。

罗密欧毒素是无色透明的液体。如果外样自己在会场内往香槟里掺了毒,他当时应该还带着盛毒的空容器,可能装在口袋或是哪儿。但警方并没有找到容器。能从外样身上拿走容器并处理掉的,只有始终陪在外样身边的人。

也就是——我们眼前坐着的这个男人。

"我不太明白,难道您是在怀疑我?"

"算是吧。你或许能诱导外样,让他自己服下毒药。"

"我诱导他服毒?在那个会场?指不定就有谁会从什么地方看见我下手,如果我是凶手,才不会冒这个险。"

倒理跟浦和激烈争斗着,我在一旁喝着咖啡思考。

说真的——秘书的看法或许也有一定的道理。

在酒会会场,让目标自己服毒。这虽然倾向于不可能犯罪,但外样的举动非常可能被摄像机或是人眼捕捉到。

不,更重要的是——撒谎让人服毒,就美影的诡计而言也太简单了,这说法真的对吗?

"浦和先生,外样先生很信任你呢。"我进一步打探道,"演讲稿都交给你写了。"

"嗯。演讲、演说这类基本都是我来写的,不过事务所其他人也会帮忙检查。这次演讲时间长,总共二十分钟,真是累死我了。"

"你跟外样先生总是一起行动的？"

"您是因为我这个秘书头衔才这么想的吗？实际上并没有，除了关键时候，我平常一直待在事务所，跟老师形影不离的反倒是另外二位，吉泽，还有堀田。吉泽负责管理日程，堀田负责接送老师。"

浦和回头看了看桌子那边，用手示意两位职员。叫吉泽的是位女性，戴着眼镜，正在接电话，看起来比我们眼前的浦和更像秘书。叫堀田的男人注意到这边，马上弱弱地点头示意。这位的名字我好像也有印象。

"啊，我记得他们也参与了会场的彩排。"

"您居然知道，这两位都帮忙彩排了，之后也干了不少工作，去老师家接他的是堀田，在酒会上负责拍摄的是吉泽。我们事务所还有很多分工，比如负责翻译的、负责 SNS 的，等等。"

"那，外样他自己都干些什么啊？"

"老师的工作啊……"浦和再一次表现出他的淡定，"负责跟人握手。"

唉，我终于知道他为什么看上去不难过了。

这个男人非常讨厌他的老板。

"你怎么看？"

一出事务所，我马上征求倒理的意见，倒理想都不想，来了句"洗不清"。

"能隐藏并销毁犯罪行为、犯罪证据，感觉也具备动机。跟我的卷发一样，黑得洗不清。浦和敬人就是凶手。"

"可是美影不会用这么简单的诡计啊。"

"那小子也玩不出什么花样了吧。歌词还是从九十年代的专辑里抄的，又不是在乐队的巅峰时期。"

"不，还是不对劲，咱再冷静想想……"

"查清手法是我的工作。"

倒理往前走了几步，转过头，指着自己的胸口。我被倒理戳中了痛处，皱起眉头，心中还是摇摆不定。

除了吊灯和三高泡沫男①，我还有一样讨厌的东西，就是犯罪调查中会有的念头——怎么办到的？这种资质，一般侦探都理所当然应该具备，我却完全没有。没有根据能把外样宽三当傻子。单凭我一个人，破不了案。

可是，听听我的建议总行吧？

"好吧，那随便……"

我刚想说"你吧"，手机就响起了sakanaction乐队的《Identity》的曲调。掏出手机一看，是穿地打来的。

我面朝搭档轻轻耸了耸肩，接通了电话。

"喂喂？什么事？"

"定期汇报。"连招呼都没打，"进行得怎么样了？"

"手法专家在追踪秘书这条线。说是外样在背朝摄像机的时候，自己往杯子里掺了毒，是浦和敬人诱导的。"

"这家伙想的还是这么离谱。"听上去穿地很无奈，"可是，这样就前功尽弃了啊。"

我扬起了眉毛。倒理好像也察觉到什么不对，把耳朵凑近了电话。

"我们也注意看了外样转过去的那一瞬间。如果要掺毒，就时间而论只有那一瞬间能做到。但是我们详细询问了参加酒会的人，没有任何证言表明，外样从拿酒以后到喝酒这段时间有任何

---

①泡沫男指的是日本经济泡沫时代，即一九八八年到一九九二年期间首次就业的男人，特征包括擅长与人交流、有钱且能花钱等。

可疑动作。没有任何人接近他,外样自己也没有做出任何类似掺毒的动作。况且外样的举动还全方位暴露在无数人眼前。"

要是此时路上的行人看着我们,肯定会认为我们是新出道的哑剧演员。我们像是输给二月的寒风一般僵立在原地,动弹不得。

穿地停了几秒,继续说道:

"就是说……御殿场你的说法大错特错。"

3

"话说,我能问件比较私人的事吗?"

"什么?"

"跟系切先生您聊了聊,怎么说呢,完全感觉不到您是干这行的。您为什么会选择干这行呢?"

"这个嘛,应该说是自然而然吧。"

"自然而然。"

"原来呀,我还比较想当侦探。大学那会儿我还参加过研究犯罪的研讨小组呢,组里还有三个伙伴,都跟我关系很好。这是哪儿产的?"

"哎?"

"这个杏仁长蛋糕,不是国产的吧?"

"啊,是别人送的……好像是法国的吧。"

"挺好吃呀。"

"……"

"发生了一件事。"

"哎?"

"快毕业那会儿,我们有一个伙伴,在屋里被人砍了,倒在了地上。是密室杀人,而且还留了血字,动机不明,手法极为诡秘……对,用了非常低级的诡计。"

"啊，嗯……"

"因此，我选择了正相反的职业。"

"……"

"我们四个人，直到现在还是那间密室的俘虏。"

倒理倒在沙发上以后就没打算再爬起来。

没什么，这是常有的事。不过今天他看起来不高兴、不爽、不在状态，嘴角绷得死紧，一句话也不说，偶尔翻身叹口气，只是频繁地抖着腿。

"看来是个难题啊。"

药子一边在阳台收着洗好的衣服，一边对我说。我帮她收拾衣服，随口回了句"算是吧"。

秘书是凶手的假设彻底崩塌后，并没有出现让人眼前一亮的新思路。想了一晚上，只是越想越烦躁而已。我们度过了一个焦躁的下午。穿地在那以后也没来过电话，这样看来，她那边的情况也差不多。

"我做点什么吃的吧，能让你们打起精神来的。"

"打起精神来的？比如说？"

"比如芭菲。"

"算了吧。"

头一次碰见想在自己家里做芭菲的人。不过我也有点想吃。

"药子，谢谢你。"收完最后一件衣服后，我对她说道，"今天你先回去吧，我来叠就好。"

药子似乎有点舍不得，说了句"那，我就不客气了"，然后解下了围裙。我送她到了玄关前。

兼职高中生轻轻冲我挥手告别。目送她离开以后，我就回了二楼叠衣服——才怪，我去了起居室，搭档正躺在沙发上生闷气。

"御殿场，你应该有点想法了吧？"

"别学某个教授说话。"几小时没讲话的他终于又开了口，"心情越来越低落了。"

我微微笑着，把身子靠在沙发靠背上。四年前买的沙发东一处西一处地褪了色，坐起来也硬邦邦的，不过却让人很安心。

"话说你原来经常被骂吧，说你是处在挂科边缘的差生。"

"在那老头眼里就没一个好学生吧。全人类都是差生。"

"我们现在或许不是差生了。"

"现在也没变，搞不好比以前更差了。"

他歪了歪头，把脸朝向天花板。

"对我们而言，破不了的案子已经堆得都快烂了。"

倒理用耳语般的声音又补了一句。

"你是指……四年前的那件事？"

"是昨天那件案子。"一副听似在糊弄人的口气，"毒杀这件事，我想听听片无你的意见。"

"查清手法是你的工作吧。"我回讽道，"……我帮不上忙。"

我静静冲倒理伸出了手。

手指轻触倒理的脖子——一如既往，被掩藏在黑色高领毛衣下。仿佛下面有一条红色的线，我顺着线，温柔地抚摸着。

我们两个人的关系，简直就像红白机上的横版卷轴动作游戏。玩家能使用两个角色，一个角色攻击力高，另一个角色跳跃能力强。有些敌人必须用倒理才能打倒，有些场所必须用我才能跳上去。配合眼前的敌人和地形，我们在眼花缭乱地切换。以这种组合形式逐渐向关卡的终点进发,互补、协作、共渡难关,共同谋划。

忽然间,我想起了邀请倒理做搭档的时候,他就以这副样子躺在沙发上,我坐在他的身边。

要问我们之间有没有什么友情或者牵绊,我们肯定会回答没有。

我们关系的出发点是利益。

可是——

"可是,我信任你。"

我小声说,手指在他脖子上慢慢滑着。

"所以我等你,等到下次轮到我出场。"

"……"

倒理缓慢地躲开了我的手,像是在说"你打算摸到什么时候啊",然后起身坐在了我的旁边。我坐在左边,倒理在右边,这是侦探事务所"敲响密室之门"的惯例位置。

"那男的在众目睽睽之下给人毒杀了。"倒理说,"他喝的那杯香槟里检查出了毒素,但杯子里不可能一开始就有毒。"

"可是,毒也不可能是在那男的拿了杯子以后掺进去的。"

"要真是这样,那家伙就不会死了。我们疏忽了什么,有什么地方没想到,把毒掺进香槟里的方法……"

我的搭档一把攥住自己的卷发。把前提推翻,重新构造,这就是倒理的做法。我集中注意力听着,像是想听到那些前提崩塌的声音一样。

秒针转了一圈。倒理突然抬起头。

"我等你。"

我把刚刚说过的台词,重复了一遍。

总感觉,说得这么正式,我都不好意思了。
"嗯,嗯。我等你。然后呢?你明白什么没?"
"嗯,我明白了。"
倒理把弹簧压得吱嘎一声,抬头望向天花板。
"毒不是掺进去的。凶手一直在等杯子滑落。"

4

"你能再说一次吗？"

一天不见的角松酒店，一楼客厅。穿地吃着著名的森永巧克力蛋糕——并不是，吃着自带的摩洛哥酸奶，瞪着我们。

"不管是诱导外样选毒酒，还是从外样选酒到喝酒这段时间内下毒，这两种情况都不可能。那么答案只有一个，外样喝的酒里没有毒。"

倒理端着热柠檬水，精确地重复道。

"实际上毒是在到达会场之前下的。即使只喝一口水，在胃里跟香槟混到一起，过了六个小时也消化掉了，很难检测出来。让外样喝水的方法很简单，到了会场以后，要来回应酬，不停说话，暂时没空喝东西，这点外样应该也能预料到。那么只要在他进会场前，劝他用水润润喉咙就行了。"

"顺便一提。"我补充道，"外样晚上八点出现在会场，毒发是在八点二十九分。罗密欧毒素的发作时间是平均二十到三十分钟。如果外样是在进会场前服毒的，就算不硬扯到心脏病上，时间也相符。"

"时间说得过去，事实也行不通啊。怎么解释从香槟中实际检出了毒素？"

"外样把酒杯掉到演讲台上以后，酒里就带毒了。"

倒理刚说完，穿地身边坐着的小坪就歪了歪头，一脸疑惑。

"您是说有人在那之后掺了毒？但是摄像机一直拍着演讲台，没有人靠近……"

"毒已经事先涂在演讲台的地板上了。"

倒理把客厅的桌子比作演讲台，用指尖当当地敲了敲。

穿地和小坪面面相觑。

"罗密欧毒素是只有十毫克的透明液体。那么，就算涂在地面上也没人会发现吧？外样杯子掉落的时候，香槟洒在了演讲台上。这时候涂在地板上的罗密欧毒素和香槟混在一起，香槟里面就有毒了。就算沾到杯子上，反正杯子都摔得粉碎了，几乎泡在了香槟里，这样一来就能制造出很自然的假象，即'从杯子内侧也检测出了微量毒素'。"

邻座的一对老夫妻向我们投来了诧异的目光。一直在谈毒，难免让人觉得古怪。我回以一个僵硬的谄笑。

穿地想了半天，用小木勺舀了一勺酸奶，放入口中。

"总结起来就是这样吧？凶手提前在演讲台的地板上涂了毒，在进场前劝外样'最好提前润润喉咙'，让他喝了一口掺了毒的水，在酒会开始以后就完全没有动作，只是一直等着毒药发作。"

"不愧是警部补阁下，理解得真快。"

"不可能。"穿地没搭理倒理的玩笑，"要是外样没把杯子掉到涂了毒的位置呢？再说了，要是他在演讲前没喝香槟呢？这都是运气，就杀人计划来说太不精确了。"

"不是绝对精确，却是无限接近精确。"

倒理放下柠檬水，把脸凑向刑警们。

"听好了，外样在演讲前拿香槟，喝一口，还有拿着杯子登台都几乎是确定的。因为演讲稿上写着让他这么干。"

——我酒量不好，不过今夜的香槟真是极品呀。我可得注意别喝多了。

外样说着举起酒杯，赢得会场众人的笑容。

演讲稿上连笑话的内容都详细写明了。要说这句"今夜的香槟真是极品"，理所当然在演讲前就需要先喝一口香槟。既然连动作都有详细指示，恐怕举杯的动作也是按照演讲稿来的吧。

"杯子掉落的位置也是，只要知道演讲稿上写着外样站在哪儿，基本就可以准确推测。

"还有哦，刚才冰雨也说了，外样服毒是在晚上将近八点的时候，毒药的发作时间是二十到三十分钟，外样的演讲从八点十五分开始，持续二十分钟。这样一来，也基本确定会在演讲过程中毒发。罗密欧毒素是麻痹性毒素，所以毒发的同时杯子会滑落，这也是基本确定的。杯子从胸口高度掉到坚硬的演讲台上，基本确定会摔碎，内容物也会四处飞溅。这样一来也能基本确定，涂在地板上的毒会跟香槟混在一起。"

美影逐步推断这一串连锁反应的结果，想到了这种极为简单的手段，即"把毒涂在地板上，等着杯子掉下来"。当然也有可能发生意外情况，但从概率上讲，这个计划还是有执行价值的。

事实上，计划成功了。

"但是，没有证据表明，外样是在酒会开始前服的毒……"

穿地还在怀疑。

这次是倒理的案子，但细究的话，还是我这个"不起眼的四眼"——片无冰雨更为拿手。我从搭档手中接过了讲解的主导权。

"昨天我们去了外样的事务所，看见了一小袋药，据说平时都放在外样的车里。里面是胶囊和药粉，还有处方。但是仔细想想，这很奇怪不是吗？"

"嗯？"

"光有药跟处方，在车里没法吃药啊，没有水的话。"

小坪"啊"地低声叫道。我举起手，感谢他忠实的反应。不过，我也是将倒理想到的手法反过来推理，才注意到这件事的。

"不光有胶囊，还有药粉，服药时肯定要用到水，连处方都准备好了，按道理不可能不准备水。于是，药袋子里应该经常装着小塑料瓶之类的容器，但我们当时看了，里面唯独缺了水。水被谁收到哪儿去了？如果我认为，是往水瓶里掺毒的凶手，为了销毁痕迹把瓶子丢了，这思维是不是太跳跃了？"

"这不能当证据。"穿地很冷静，"不过，我们也许该把酒会前接近过演讲台的人都列出来。"

对严谨的穿地来说，这反应已经相当不错了，但其实，列都没必要列。"凶手也已经锁定了。"倒理说，"条件都齐了。第一，知道演讲稿详细内容；第二，在酒会前出席过彩排，并且接近过演讲台；第三，平时就陪在外样宽三身边，一旦在普通场所下手，立马会遭到怀疑；第四，酒会前有机会接触外样；第五，能对车里的药袋动手脚。符合所有条件的人就是——"

"事务所负责接送外样的男人——堀田。"

"都让你别抢我话了！"

倒理大声抱怨道。好好，抱歉啦。

"我、我去取证！"

小坪慌忙跑出了酒店，跑起来像是配着吧嗒吧嗒的音效。穿地看到他跑了出去，就吃完了酸奶，坐在沙发边上用手撑着头。

"你说涂在地板上？"无奈的声音，"像是那傻子会想出来的。"

"我们也都是傻子，连这都没注意到。"

"也是啊。"

穿地微微扬起嘴角。

笑里带着几分自嘲,感觉很久很久没有见过她的笑容了。

5

二月十八日，星期四。

旧书店摆新书的架子（这说法也真奇妙）处，仍然没有客人，也没有店员。我望着一本本平铺的书，拿了一本，书腰上写着"热卖系列最新作品"。我一边站着看书，一边静静等着那位熟客。

第一章看完了，正当我觉得最新作品也不过如此时，响起了开推拉门的声音。

他还是老样子。长头发，衬衫纽扣规规矩矩地扣到最上面，配上颜色清爽的夹克衫。看起来有点冷，不过他这人本来就不在意冷热。

"外样事务所的堀田被警方逮捕了。"我先搭了话，"说是两年前洗黑钱的时候，差点替外样背了黑锅，从那以后就一直对外样怀恨在心。"

"我还以为能赢呢。"

"这次我们连赢两局，你这边信誉大幅下滑了没？"

"有一批固定支持者在，就算连着出烂作，风评也不会下降。"

美影看向我手里的书如是说道。

"而且……"

"而且？"

"冰雨你觉得，我为什么要在现场留歌词？"

"之前不是说了吗，为了彰显你的个性。"

"啊哈哈，也有这个原因……只要让人知道是 Cheap Trick 干的，你看，这不就能引发别人的思考吗？比如说穿地他们，比如说你们。这样就不会被简单归为事故或自杀了，这么做，相当重要啊。"

他望着书架，自言自语般又重复了一遍"相当重要啊"。

如果在现场留下歌词，以及每周出现在这家书店，是他妥协的一种方式——为了维持跟我们的联系而做出的妥协——那这方式相当难堪，或者说，是具有美影风格的，我行我素的做法。

我合上书，放回台子上。

"我说美影，你是不是也该改行了？"

"我才不要。"美影像是早就看穿了我想说什么，迅速回答道，"我不想给我们这行的离职率做贡献，而且我很死心眼的。"

"不是这回事……"

"就是这回事，其实话说回来，我还相当喜欢我这份工作跟我的立场。我本来就喜欢，可能一辈子都会这样。"

"难以理解。"

"要我说的话，你跟倒理才难以理解。"

"……"

这家伙真是，总拿别人说的话开玩笑。

"今天我就不买了吧，昨天刚买了 Roomba[①]。"

美影检查了一遍新书，嘟囔道。

[①] iRobot 公司生产的一种扫地机器人。

他居然买了 Roomba。

"你……"我向他搭话,"你明白四年前那个案子没?"

"算明白吧。"

"动机跟手法都明白了?"

"这个嘛,我本来就打算当侦探的。"美丽的微笑,"没明白的可能只有冰雨你吧。"

美影像幽灵般无声无息地离开了新书柜台。过了一会儿,只有推拉门开关的声音传到我耳朵里。

他走后,我看着出口,又把目光移回到书架上,像是累得够呛般叹了口气。

破不了案,不想破案的,应该不止我一个。穿地跟我一样,就连倒理也是一样。

过去的门上安着一把结实的锁,别说开门了,连敲门都有所顾忌。只要我们身为侦探,就总会迎来撬开那间密室的一天——不过,我们离那天应该还很远。

不管怎么说,我们都是新手,要两个人加起来才够格。

我在店里转了转,来来回回从书架上拿书,又放回去,倒是找到了两三本我想读的绝版书,犹豫买不买。不过最后还是什么都没买,离开了书店。

抬头望望透彻的冬日天空,我走向了车站。

有些晚了,不过还是给倒理买点巧克力回去吧。

KNOCKIN'ON LOCKED DOOR
Copyright © Yugo Aosaki 2016
Cover Illustration © Aco Arisaka 2016
Simplified Chinese translation rights arranged with TOKUMA SHOTEN
PUBLISHING CO., LTD. through East West Culture & Media Co., Ltd., Tokyo.
Simplified Chinese edition copyright: 2022 New Star Press Co., Ltd.

图书在版编目（CIP）数据

敲响密室之门 /（日）青崎有吾著；丁灵译．--2版．--北京：新星出版社，2022.5
ISBN 978-7-5133-4758-7

Ⅰ．①敲… Ⅱ．①青… ②丁… Ⅲ．①长篇小说-日本-现代 Ⅳ．① I313.45

中国版本图书馆 CIP 数据核字（2022）第 008380 号

午夜文库
谢刚 主持

敲响密室之门

[日] 青崎有吾 著；丁灵 译

责任编辑：王 萌
特约编辑：刘 琦
责任校对：刘 义
责任印制：李珊珊
装帧设计：hanagin

出版发行：新星出版社
出 版 人：马汝军
社　　址：北京市西城区车公庄大街丙3号楼　　100044
网　　址：www.newstarpress.com
电　　话：010-88310888
传　　真：010-65270449
法律顾问：北京市岳成律师事务所

读者服务：010-88310811　　service@newstarpress.com
邮购地址：北京市西城区车公庄大街丙3号楼　　100044

印　　刷：北京天恒嘉业印刷有限公司
开　　本：910mm×1230mm　1/32
印　　张：7
字　　数：92千字
版　　次：2022年5月第二版　2022年5月第一次印刷
书　　号：ISBN 978-7-5133-4758-7
定　　价：45.00元

版权专有，侵权必究；如有质量问题，请与印刷厂联系调换。